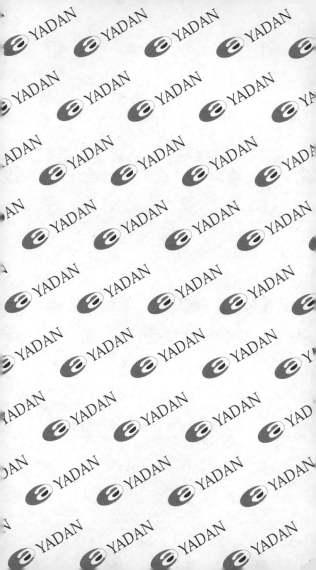

雅典文化

小小一本，大大好用

商用單字迅速查詢　輕鬆充實日文字彙

日文單字
急救包 [業務篇]

+ MP3

雅典日研所 企編

50音基本發音表

清音

a ㄚ	i ㄧ	u ㄨ	e ㄝ	o ㄡ
あ ア	い イ	う ウ	え エ	お オ
ka ㄎㄚ	ki ㄎㄧ	ku ㄎㄨ	ke ㄎㄝ	ko ㄎㄡ
か カ	き キ	く ク	け ケ	こ コ
sa ㄙㄚ	shi ㄒㄧ	su ㄙㄨ	se ㄙㄝ	so ㄙㄡ
さ サ	し シ	す ス	せ セ	そ ソ
ta ㄊㄚ	chi ㄑㄧ	tsu ㄘ	te ㄊㄝ	to ㄊㄡ
た タ	ち チ	つ ツ	て テ	と ト
na ㄋㄚ	ni ㄋㄧ	nu ㄋㄨ	ne ㄋㄝ	no ㄋㄡ
な ナ	に ニ	ぬ ヌ	ね ネ	の ノ
ha ㄏㄚ	hi ㄏㄧ	fu ㄈㄨ	he ㄏㄝ	ho ㄏㄡ
は ハ	ひ ヒ	ふ フ	へ ヘ	ほ ホ
ma ㄇㄚ	mi ㄇㄧ	mu ㄇㄨ	me ㄇㄝ	mo ㄇㄡ
ま マ	み ミ	む ム	め メ	も モ
ya ㄧㄚ		yu ㄧㄩ		yo ㄧㄡ
や ヤ		ゆ ユ		よ ヨ
ra ㄌㄚ	ri ㄌㄧ	ru ㄌㄨ	re ㄌㄝ	ro ㄌㄡ
ら ラ	り リ	る ル	れ レ	ろ ロ
wa ㄨㄚ		o ㄡ		n ㄣ
わ ワ		を ヲ		ん ン

濁音

ga ㄍㄚ	gi ㄍㄧ	gu ㄍㄨ	ge ㄍㄝ	go ㄍㄡ
が ガ	ぎ ギ	ぐ グ	げ ゲ	ご ゴ
za ㄗㄚ	ji ㄐㄧ	zu ㄗ	ze ㄗㄝ	zo ㄗㄡ
ざ ザ	じ ジ	ず ズ	ぜ ゼ	ぞ ゾ
da ㄉㄚ	ji ㄐㄧ	zu ㄗ	de ㄉㄝ	do ㄉㄡ
だ ダ	ぢ ヂ	づ ヅ	で デ	ど ド
ba ㄅㄚ	bi ㄅㄧ	bu ㄅㄨ	be ㄅㄟ	bo ㄅㄡ
ば バ	び ビ	ぶ ブ	べ ベ	ぼ ボ
pa ㄆㄚ	pi ㄆㄧ	pu ㄆㄨ	pe ㄆㄝ	po ㄆㄡ
ぱ パ	ぴ ピ	ぷ プ	ぺ ペ	ぽ ポ

拗音　　　　　　　track 004

kya ㄎㄧㄚ	kyu ㄎㄧㄩ	kyo ㄎㄧㄡ
きゃ キャ	きゅ キュ	きょ キョ
sha ㄒㄧㄚ	**shu** ㄒㄧㄩ	**sho** ㄒㄧㄡ
しゃ シャ	しゅ シュ	しょ ショ
cha ㄑㄧㄚ	**chu** ㄑㄧㄩ	**cho** ㄑㄧㄡ
ちゃ チャ	ちゅ チュ	ちょ チョ
nya ㄋㄧㄚ	**nyu** ㄋㄧㄩ	**nyo** ㄋㄧㄡ
にゃ ニャ	にゅ ニュ	にょ ニョ
hya ㄏㄧㄚ	**hyu** ㄏㄧㄩ	**hyo** ㄏㄧㄡ
ひゃ ヒャ	ひゅ ヒュ	ひょ ヒョ
mya ㄇㄧㄚ	**myu** ㄇㄧㄩ	**myo** ㄇㄧㄡ
みゃ ミャ	みゅ ミュ	みょ ミョ
rya ㄌㄧㄚ	**ryu** ㄌㄧㄩ	**ryo** ㄌㄧㄡ
りゃ リャ	りゅ リュ	りょ リョ

gya ㄍㄧㄚ	gyu ㄍㄧㄩ	gyo ㄍㄧㄡ
ぎゃ ギャ	ぎゅ ギュ	ぎょ ギョ
ja ㄐㄧㄚ	**ju** ㄐㄧㄩ	**jo** ㄐㄧㄡ
じゃ ジャ	じゅ ジュ	じょ ジョ
ja ㄐㄧㄚ	**ju** ㄐㄧㄩ	**jo** ㄐㄧㄡ
ぢゃ ヂャ	づゅ ヂュ	ぢょ ヂョ
bya ㄅㄧㄚ	**byu** ㄅㄧㄩ	**byo** ㄅㄧㄡ
びゃ ビャ	びゅ ビュ	びょ ビョ
pya ㄆㄧㄚ	**pyu** ㄆㄧㄩ	**pyo** ㄆㄧㄡ
ぴゃ ピャ	ぴゅ ピュ	ぴょ ピョ

● 平假名　　片假名

● 第一章　商用日語

● 第二章 國際金融

● 第三章　新鮮人專區

13

第一章

商用日語

■ 商用日語

● 貿易常用詞彙

貿易
ぼうえき
bo.u.e.ki.
貿易

商業
しょうぎょう
sho.u.gyo.u.
商業

国内貿易
こくないぼうえき
ko.ku.na.i.bo.u.e.ki.
國內貿易

国際貿易
こくさいぼうえき
ko.ku.sa.i.bo.u.e.ki.
國際貿易

外国貿易
がいこくぼうえき
ga.i.ko.ku.bo.u.e.ki.
外貿

三角貿易
さんかくぼうえき
sa.n.ka.ku.bo.u.e.ki.
三角貿易

● 進出口

輸入
ゆにゅう
yu.nyu.u.
進口／輸入

輸出
ゆしゅつ
yu.shu.tsu.
出口

中継貿易
ちゅうけいぼうえき
chu.u.ke.i.bo.u.e.ki.
轉口貿易

税金の払い戻し
ぜいきん はら もど
ze.i.ki.n.no.ha.ra.i.mo.do.shi.
出口退税

17

● 貿易政策

保税倉庫
ほぜいそうこ
保税倉庫
ho.ze.i.so.ko.

自由貿易地域
じゆうぼうえきちいき
自由貿易區
ji.yu.u.bo.u.e.ki.chi.i.ki.

特恵関税制度
とっけいかんぜいせいど
優惠關稅制度
to.kke.i.ka.n.ze.i.se.i.do.

関税障壁
かんぜいしょうへき
關稅壁壘
ka.n.ze.i.sho.u.he.ki.

貿易収支
ぼうえきしゅうし
貿易收支
bo.u.e.ki.shu.u.shi.

貿易黒字
ぼうえきくろじ
貿易順差
bo.u.e.ki.ku.ro.ji.

貿易赤字
ぼうえきあかじ
貿易逆差
bo.u.e.ki.a.ka.ji.

● 貿易商

おろしうりぎょう **卸売業** o.ro.shi.u.ri.gyo.u.	批發商
せいぞうもと **製造元** se.i.zo.u.mo.to.	製造商
ディーラー di.i.ra.a.	經銷商
こうりてん **小売店** ko.u.ri.te.n.	零售商
こうりぎょう **小売業** ko.u.ri.gyo.u.	零售業
しょうにん **商人** sho.u.ni.n.	商人
ライバル ra.i.ba.ru.	競爭者
ちゅうかい **仲介** chu.u.ka.i.	中間商／經紀商
だいりてん **代理店** da.i.ri.te.n.	代辦商
だいりぎょうしゃ **代理業者** da.i.ri.gyo.u.sha.	掮客

● 貿易夥伴

ぼうえきあいてこく **貿易相手国** bo.u.e.ki.a.i.te.ko.ku.	貿易伙伴
か て **買い手** ka.i.te.	買方
う て **売り手** u.ri.te.	賣方
しょうひしゃ **消費者** sho.u.hi.sha.	消費者
しょうひ **消費** sho.u.hi.	消費
とりひきさき **取引先** to.ri.hi.ki.sa.ki.	顧客／客戶

● 銷售方式

販売
ha.n.ba.i.

銷售

委託販売
i.ta.ku.ha.n.ba.i.

委託販賣

移動販売
i.do.u.ha.n.ba.i.

流通銷售

オートレストラン
o.o.to.re.su.to.ra.n.

無店員的自助式餐廳

カタログ販売
ka.ta.ro.gu.ha.n.ba.i.

郵購／型錄購物

割賦販売
ka.ppu.ha.n.ba.i.

分期付款

行商
gyo.u.sho.u.

行腳商／小販

行列商法
gyo.u.re.tsu.sho.u.ho.u.

製造排隊假象以吸引人潮

限定盤
ge.n.te.i.ba.n.

限量商品

限定販売
ge.n.te.i.ha.n.ba.i.

限量銷售

おとり
o.to.ri.

惡質／劣質

実演販売
ji.tsu.e.n.ha.n.ba.i.

現場示範

21

試用販売
しようはんばい
shi.yo.u.ha.n.ba.i.

試用

セルフサービス
se.ru.fu.sa.a.bi.su.

自助式

ダウンロード販売
はんばい
da.u.n.ro.o.do.ha.n.ba.i.

付費下載

通信販売
つうしんはんばい
tu.u.shi.n.ha.n.ba.i.

郵購／網購／通信販賣

電話勧誘販売
でんわかんゆうはんばい
de.n.wa.ka.n.yu.u.ha.n.ba.i.

電話銷售

投売り
なげうり
na.ge.u.ri.

拋售

バーゲンセール
ba.a.ge.n.se.e.ru.

打折

バンドル
ba.n.do.ru.

成組販賣

便乗商法
びんじょうしょうほう
bi.n.jo.u.sho.u.ho.u.

利用話題或熱潮販賣
相關商品

フライングゲット
fu.ra.i.n.gu.ge.tto.

在正式發售日前買到
商品

ブランドロイヤルティ
bu.ra.n.do.o.i.ya.ru.ti.

固定只買同一商品／
品牌忠誠度

ブリックアンドモルタル
bu.ri.kku.a.n.do.mo.ru.ta.ru.

實體商店

閉店商法 へいてんしょうほう he.i.te.n.sho.u.ho.u.	歇業特賣
ベンダロックイン be.n.da.ro.kku.i.n.	因規格特殊而無法用他品牌商品替代
訪問販売 ほうもんはんばい ho.u.mo.n.ha.n.ba.i.	到府銷售
ボックスセット bo.kku.su.se.tto.	盒裝（通常為影音、圖文作品）
ポップアップストア po.ppu.a.ppu.su.to.a.	短期營業的商店
未着品販売 みちゃくひんはんばい mi.cha.ku.hi.n.ha.n.ba.i.	售予運送中商品的取貨權
無店舗販売 むてんぽはんばい mu.te.n.po.ha.n.ba.i.	無店面銷售
無料商法 むりょうしょうほう mu.ryo.u.sho.u.ho.u.	免費試用的手法
予約販売 よやくはんばい yo.ya.ku.ha.n.ba.i.	預購
連鎖販売取引 れんさはんばいとりひき re.n.sa.ha.n.ba.i.to.ri.hi.ki.	多層次直銷
レンタルショーケース re.n.ta.ru.sho.o.ke.e.su.	格子鋪
ワゴンセール wa.go.n.se.e.ru.	花車特價
流通 りゅうつう ryu.u.tsu.u.	銷售管道

23

いっかつばいきゃく
一括売却 整批銷售
i.kka.tsu.ba.i.kya.ku.

おろしうり
卸売 批發
o.ro.shi.u.ri.

はんろ
販路 銷售市場
ha.n.ro.

どくせん
独占 壟斷
do.ku.se.n.

しじょう
市場 市場
shi.jo.u.

こくないしじょう
国内市場 國內市場
ko.ku.na.i.shi.jo.u.

しじょうかいほう
市場開放 公開市場
shi.jo.u.ka.i.ho.u.

オープンマーケット 公開市場
o.o.pu.n.ma.a.ke.tto.

ブラックマーケット 黑市
bu.ra.kku.ma.a.ke.tto.

● 業績管理

しゅうせんりょう
周旋料 佣金
shu.u.se.n.ryo.u.

コミッション 佣金
ko.mi.ssho.n.

てすうりょう
手数料 手續費
te.su.u.ryo.u.

売上高
うりあげだか
u.ri.a.ge.da.ka.

營業額／銷售額

● 預算及訂單流程

見通し　　　　　　　預測／預算
mi.to.o.shi.

商品　　　　　　　　商品
sho.u.hi.n.

見積もり　　　　　　報價
mi.tsu.mo.ri.

見積依頼　　　　　　詢價
mi.tsu.mo.ri.i.ra.i.

注文　　　　　　　　訂單
chu.u.mo.n.

販売　　　　　　　　銷售
ha.n.ba.i.

● 交貨流程

配送
ha.i.so.u.
交貨

配達
ha.i.ta.tsu.
配送

引き渡し
hi.ki.wa.ta.shi.
交貨

内渡し
u.chi.wa.ta.shi.
分批交貨／部份交貨

出荷
shu.kka.
裝運／出貨

送り状
o.ku.ri.jo.u.
送貨單／明細單

運賃込み値段
u.n.chi.n.go.mi.ne.da.n.
含運價

運賃保険料
u.n.chi.n.ho.ke.n.ryo.u.
貨物保險額

海上保険
ka.i.jo.u.ho.ke.n.
海運保險

税関
ze.i.ka.n.
海關

期限
ki.ge.n.
期限

規格相違
ki.ka.ku.so.u.i.
不符規格

27

原産地 (げんさんち)
原産地
ge.n.sa.n.chi.

現場渡し (げんばわたし)
當地交貨
ge.n.ba.wa.ta.shi.

工場渡し (こうじょうわたし)
在工廠交貨
ko.u.jo.u.wa.ta.shi.

倉庫渡し (そうこわたし)
在倉庫交貨
so.u.ko.wa.ta.shi.

照会 (しょうかい)
依據
sho.u.ka.i.

署名捺印 (しょめいなついん)
簽章
sho.me.i.na.tsu.i.n.

損害賠償 (そんがいばいしょう)
損害賠償
so.n.ga.i.ba.i.sho.u.

荷揚げ (にあげ)
卸貨
ni.a.ge.

納期 (のうき)
交貨日
no.u.ki.

品目 (ひんもく)
品名
hi.n.mo.ku.

● 付款流程

お支払い
o.shi.ha.ra.i.
支付

代金
da.i.ki.n.
付款

払う
ha.ra.u.
付款

延べ払い
no.be.ba.ra.i.
延期付款

延納
e.n.no.u.
延期付款

後払い
a.to.ba.ra.i.
延期付款

● 採購及存貨流程

こうにゅう **購入** ko.u.nyu.u.	採購
ばいしゅう **買収** ba.i.shu.u.	購入
か と **買い取り** ka.i.to.ri.	購入
じゅよう **需要** ju.yo.u.	需求
きょうきゅう **供給** kyo.u.kyu.u.	供應
インベントリ i.n.be.n.to.ri.	存貨
ざい こ ひん **在庫品** za.i.ko.hi.n.	庫存
ざい か **在荷** za.i.ka.	庫存

● 品管流程

品質
hi.n.shi.tsu.

品質

品質管理
hi.n.shi.tsu.ka.n.ri.

品質管制

品質保証
hi.n.shi.tsu.ho.sho.u.

品管

QC サークル
q.c.sa.a.ku.ru.

品管部門

管理図
ka.n.ri.zu.

管理圖

● 貿易常用字

書類 sho.ru.i.	文件單據
文書 bu.n.sho.	文件單據
原産地証明書 ge.n.sa.n.chi.sho.u.me.i.sho.	一般原產地證
税関申告 ze.i.ka.n.shi.n.ko.ku.	報關單
包装明細書 ho.u.so.u.me.i.sa.i.sho.	裝箱單
送り状 o.ku.ri.jo.lu.	明細書
インボイス i.n.bo.i.su.	明細書
仕切り状 shi.ki.ri.jo.u.	明細書
明細書 me.i.sa.i.sho.	明細書
請求書 se.i.kyu.u.sho.	請款單
売買契約 ba.i.ba.i.ke.i.ya.ku.	銷售確認書
船荷証券 fu.na.ni.sho.u.ke.n.	提單

テレックス te.re.kku.su.	電傳
こくさい 国際スピード郵便 ko.ku.sa.i.su.pi.i.do.yu.u.bi.n.	快郵遞
いっぱんとっけいかんぜいせいど 一般特恵関税制度 i.bba.n.to.kke.i.ka.n.ze.i.se.i.do.	普惠制
ドル do.ru.	美元
じんみんげん 人民元 ji.n.mi.n.ge.n.	人民幣
しょうせん 商船 sho.u.se.n.	商船
ふなびん 船便 fu.na.bi.n.	船運
じゅうりょう 重量 jo.u.ryo.u.	重量
かじゅう 荷重 ka.ju.u.	重量
おも 重さ o.mo.sa.	重量
そうじゅうりょう 総重量 so.u.ju.u.ryo.u.	毛重
しょうみじゅうりょう 正味重量 sho.u.mi.ju.u.ryo.u.	淨重
パーセント pa.a.se.n.to.	百分比

ファックス fa.kku.su.	傳真
輸入 yu.nyu.u.	進口
輸出 yu.shu.tsu.	出口
トン to.n.	公噸
最大 sa.i.da.i.	最大的
上限 jo.u.ge.n.	最大限度的
最小 sa.i.sho.u.	最小的
最小限 sa.i.sho.u.ge.n.	最低限度
最低限 sa.i.te.i.ge.n.	最低限度
ミディアム mi.de.a.mu.	中等
並み na.mi.	中級的
国際 ko.ku.sa.i.	國際
インターナショナル i.n.ta.a.na.sho.na.ru.	國際的

様式 ようしき yo.u.shi.ki.	式樣
型 かた ka.ta.	款式
仕様 しよう shi.yo.u.	類型
購入 こうにゅう ko.u.nyu.u.	購買
買い取り か と ka.i.to.ri.	購買
荷印 にじるし ni.ji.ru.shi.	裝船標記
シッピングマーク shi.ppi.n.gu.ma.a.ku.	裝船標記
参照 さんしょう sa.n.sho.u.	參考
引き合い ひ あ hi.ki.a.i.	參考
価格 かかく ka.ka.ku.	價格
値段 ねだん ne.da.n.	價格
各 かく ka.ku.	每個／各
箱 はこ ha.ko.	紙箱

カートン
ka.a.to.n.

紙箱／一條菸的單位

個
ko.

個

ダース
da.a.su.

打

パック
pa.kku.

一包

■ 業務日語

● 行銷日語

カタログ
ka.ta.ro.gu.

目録

ロゴ
ro.go.

商標

チラシ
chi.ra.shi.

傳單

リーフレット
ri.i.fu.re.tto.

單張印刷品

パンフレット
pa.n.fu.re.tto.

宣傳冊／場刊

パンフレットスタンド
pa.n.fu.re.tto.su.ta.n.do.

文宣展示架

パンフレットホルダー
pa.n.fu.re.tto.ho.ru.da.a.

文宣展示架

ブックレット
bu.kku.re.tto.

小冊子

ハンドブック
ha.n.do.bu.kku.

小冊子

マニュアル
ma.nyu.a.ru.

説明書

説明書
せつめいしょ
se.tsu.me.i.sho.

説明書

37

ポスター po.su.ta.a.	海報
フラグ fu.ra.gu.	布條
旗 ha.ta.	旗幟
旗竿 ha.ta.za.o.	旗竿
広告 ko.u.ko.ku.	廣告
宣伝 se.n.de.n.	宣傳
サンプル sa.n.pu.ru.	樣本
見本 mi.ho.n.	樣本
試供品 shi.kyo.u.hi.n.	試用品
ギフト gi.fu.to.	贈品
おまけ o.ma.ke.	小贈品
プロモート pu.ro.mo.o.to.	宣傳／推銷(商品等)
機会 ki.ka.i.	機會

チャンス
cha.n.su.

機會

マーケティング
ma.a.ke.ti.n.gu.

行銷

● 業務拜訪

名刺
めいし
me.i.shi.

名片

訪問
ほうもん
ho.u.mo.n.

拜訪

代表者
だいひょうしゃ
da.i.hyo.u.sha.

代表

代理人
だいりにん
da.i.ri.ni.n.

代表

販売代理店
はんばいだいりてん
ha.n.ba.i.da.i.ri.te.n.

銷售代理店

セールスマン
se.e.ru.su.ma.n.

業務員

営業マン
えいぎょう
e.i.gyo.u.ma.n.

業務員

接触
せっしょく
se.ssho.ku.

接觸

招待
しょうたい
sho.u.ta.i.

邀請

招く
まね
ma.ne.ku.

邀請

会う
あ
a.u.

與(某人)見面

アポイントメント
a.po.i.n.to.me.n.to.

預約

アポ a.po	預約
予約 yo.ya.ku.	預約
握手 a.ku.shu.	握手
延期 e.n.ki.	延期
日程変更 ni.tte.i.he.n.ko.u.	改期
お知らせ o.shi.ra.se.	通知
キャンセル kya.n.se.ru.	取消
ドタキャン do.ta.kya.n.	臨時取消

1

商用日語

● 退換貨要求

返品
he.n.pi.n.
退貨

取り替え
to.ri.ka.e.
換貨

交換
ko.u.ka.n.
交換／換貨

欠陥品
ke.kka.n.hi.n.
品質不良的產品

不良品
fu.ryo.u.hi.n.
品質不良的產品

クレーム
ku.re.e.mu.
申訴／抗議

クレーマー
ku.re.e.ma.a.
客訴者

免税
me.n.ze.i.
免税

払い戻し
ha.ra.i.mo.do.shi.
退款

● 商品品質

品質
ひんしつ
hi.n.shi.tsu.
品質

品質管理
ひんしつかんり
hi.n.shi.tsu.ka.n.ri.
品質管理

品質証明書
ひんしつしょうめいしょ
hi.n.shi.tsu.sho.u.me.i.sho.
品質保證書

資格
しかく
shi.ka.ku.
資格／技能證照

不満
ふまん
fu.ma.n.
不滿意

満足
まんぞく
ma.n.zo.ku.
令人滿意的

十分
じゅうぶん
ju.u.bu.n.
符合要求的

良好
りょうこう
ryo.u.ko.u.
良好的

良質
りょうしつ
ryo.u.shi.tsu.
好品質

上質
じょうしつ
jo.u.shi.tsu.
優質

最高
さいこう
sa.i.ko.u.
最好的品質

最高品質
さいこうひんしつ
sa.i.ko.u.hi.n.shi.tsu.
第一流的品質

43

最高級
さいこうきゅう
sa.i.ko.u.kyu.u.　　　　第一流的品質

一流
いちりゅう
i.chi.ryu.u.　　　　頭等的品質

ファーストクラス
fa.a.su.to.ku.ra.su.　　　　頭等的品質

高品質
こうひんしつ
ko.u.hi.n.shi.tsu.　　　　高品質

ハイクオリティ
ha.i.ku.o.ri.ti.　　　　高品質

より良い
よ
yo.ri.yo.i.　　　　較好的品質

いい
i.i.　　　　好的品質

ほどよい
ho.do.yo.i.　　　　尚好的品質

まずまず
ma.zu.ma.zu.　　　　尚好的品質

中級品
ちゅうきゅうひん
chu.u.kyu.u.shi.na.　　　　平均品質

一般
いっぱん
i.ppa.n.　　　　一般品質

並み
な
na.mi.　　　　一般品質

標準
ひょうじゅん
hyo.u.ju.n.　　　　標準品質

基本的 ki.ho.n.te.ki.	標準品質
いつもの i.tsu.mo.no.	通常的品質
一般的 i.ppa.n.te.ki.	大眾化的品質
均一 ki.n.i.tsu.	一律的品質
下等 ka.to.u.	較次的品質
悪質 a.ku.shi.tsu.	劣質
質の悪い shi.tsu.no.wa.ru.i.	品質較差
低品質 te.i.hi.n.shi.tsu.	低品質

● 索賠

補償
ほしょう
ho.sho.u.　　　　　　　　　賠償

弁償
べんしょう
be.n.sho.u.　　　　　　　　賠償

クレーム
ku.re.e.mu.　　　　　　　　索賠／客訴

主張
しゅちょう
shu.cho.u.　　　　　　　　提出索賠／要求

要請
ようせい
yo.u.se.i.　　　　　　　　要求

請求
せいきゅう
se.i.kyu.u.　　　　　　　　要求

求め
もと
mo.to.me.　　　　　　　　要求

● 管理詞彙

管理 ka.n.ri.	管理
経営 ke.i.e.i.	經營
組織 so.shi.ki.	組織
認可 ni.n.ka.	授權
潜在市場 se.n.za.i.shi.jo.u.	潛在市場
マーケティング ma.a.ke.ti.n.gu.	銷售學
コスト ko.su.to.	生產成本
長期貿易 cho.u.ki.bo.u.e.ki.	長久貿易關係
商売 sho.u.ba.i.	交易
取引 to.ri.hi.ki.	交易／貿易
計画 ke.i.ka.ku.	計劃
企画 ki.ka.ku.	計劃編制／企劃

プログラム pu.ro.gu.ra.mu.	計劃
予定案 yo.te.i.a.n.	方案
調査 cho.u.sa.	調査
市場拡大 shi.jo.u.ka.ku.da.i.	擴大銷路

● 商用報表

アウトライン a.u.to.ra.i.n.	提綱/概要
概説（がいせつ） ga.i.se.tsu.	要點/草案
要約（ようやく） yo.u.ya.ku.	總結
概要（がいよう） ga.i.yo.u.	摘要
一覧（いちらん） i.chi.ra.n.	一覽
総括（そうかつ） so.u.ka.tsu.	重述要點
摘要（てきよう） te.ki.yo.u.	摘要
統合（とうごう） to.u.go.u.	彙總
日付（ひづけ） hi.zu.ke.	逐日的
週付（しゅうづけ） shu.u.zu.ke.	逐週的
月間付（げっかんづけ） ge.kka.n.zu.ke.	逐月的
四半期付（しはんきづけ） shi.ha.n.ki.zu.ke.	逐季的

重視 ju.u.shi.	著重
ポイント po.i.n.to.	重點
強調 kyo.u.cho.u.	強調
数字 su.u.ji.	數字
比率 hi.ri.tsu.	比例
割合 wa.ri.a.i.	比例
割り wa.ri.	比例

■ 價格談判

● 詢價

問合せ
to.i.a.wa.se.
詢價

照会
sho.u.ka.i.
詢問/查詢

見積依頼
mi.tsu.mo.ri.i.ra.i.
詢價

質問者
shi.tsu.mo.n.sha.
詢價者

● 報價

見積
mi.tsu.mo.ri.
估價

見積書
mi.tsu.mo.ri.sho.
報價單

見積を立てる
mi.tsu.mo.ri.o./ta.te.ru.
報價

見積を出す
mi.tsu.mo.ri.o./da.su.
報價

値引
ne.bi.ki.
減價

● 報價單內容

宛先
あてさき
a.te.sa.ki.
收件人

通番
つうばん
tsu.u.ba.n.
編號

発行日
はっこうび
ha.kko.u.bi.
報價日期／開出日期
／發行日期

提出日
ていしゅつび
te.i.shu.tsu.bi.
提出日期

提出者
ていしゅつしゃ
te.i.shu.tsu.sha.
報價人／製作者

作成者
さくせいしゃ
sa.ku.se.i.sha.
製作者／製表者

見積書タイトル
みつもりしょ
mi.tsu.mo.ri.sho.ta.i.to.ru.
估價單標題

見積金額
みつもりきんがく
mi.tsu.mo.ri.ki.n.ga.ku.
估價金額

納品場所
のうひんばしょ
no.u.hi.n.ba.sho.
入庫地點

納期
のうき
no.u.ki.
交件日／進貨日

見積有効期限
みつもりゆうこうきげん
mi.tsu.mo.ri.yu.u.ko.u.ki.ge.n.
此估價有效期限

明細ナンバー
めいさい
me.i.sa.i.na.n.ba.a.
明細號碼／貨號

項目 こうもく ko.u.mo.ku.	品項/項目
単価 たんか ta.n.ka.	單價
数量 すうりょう su.u.ryo.u.	數量
単位 たんい ta.n.i.	單位
金額 きんがく ki.n.ga.ku.	價格
合計 ごうけい go.u.ke.i.	合計
備考 びこう bi.ko.u.	備註
補足説明 ほそくせつめい ho.so.ku.se.tsu.me.i.	補充説明
その他 た so.no.ta.	其它

● 接受報價

見積を取る
みつもり と
拿到報價
mi.tsu.mo.ri.o./to.ru.

採用
さいよう
採用
sa.i.yo.u.

決算
けっさん
結算
ke.ssa.n.

選定
せんてい
選定
se.i.te.i.

発注
はっちゅう
下訂
ha.cchu.u.

予算に合わない
よさん あ
不符預算
yo.sa.n.ni.a.wa.na.i.

予算に合う
よさん あ
符合預算
yo.sa.n.ni.a.u.

相見積
あいみつもり
比價
a.i.mi.tsu.mo.ri.

● 還價

検討
ke.n.to.u.

討論／重新思考

引き下げ
hi.ki.sa.ge.

降低（預算）

あてみつ
a.te.mi.tsu.

綁標

すてみつ
su.te.mi.tsu.

陪標

断る
ko.to.wa.ru.

拒絕（此報價）

撤回
te.kka.i.

取消

減額交渉
ge.n.ga.ku.ko.u.sho.u.

討價還價

● 競標

入札
にゅうさつ
nytu.u.sa.tsu.

出價／喊價／投標

落札
らくさつ
ra.ku.sa.tsu.

得標

競売
きょうばい
kyo.u.ba.i.

競價／競標

競り
せ
se.ri.

競爭

オークション
o.o.ku.sho.n.

拍賣／競標

● 價格有效期限

有効期限
ゆうこうきげん
yu.u.ko.u.ki.ge.n.

有效期限

期限延長
きげんえんちょう
ki.ge.n.e.n.cho.u.

延長報價有效期限

本見積有効期限
ほんみつもりゆうこうきげん
ho.n.mi.tsu.mo.ri.yu.u.ko.u.ki.ge.n.

報價有效期限

● 定價類別

価格
價格
ka.ka.ku.

値段
價格
ne.da.n.

単価
單價
ta.n.ka.

単位
每(單位)
ta.n.i.

数量
數量
su.u.ryo.u.

買付価格
買價
ka.i.tsu.ke.ka.ka.ku.

売買価格
賣價
ba.i.ba.i.ka.ka.ku.

価格設定
定價方法
ka.ka.ku.se.tte.i.

値札
價格標籤
ne.fu.da.

率
費率
ri.tsu.

値段表
價目表
ne.da.n.hyo.u.

価格表
價格表
ka.ka.ku.hyo.u.

57

値段付け
ね だん づ
ne.da.n.zu.ke.

標價

本体価格
ほん たい か かく
ho.n.ta.i.ka.ka.ku.

稅前價

税込み価格
ぜい こ か かく
ze.i.ko.mi.ka.ka.ku.

含稅價

● 影響價格的條件

国際市場価格
ko.ku.sa.i.shi.jo.u.ka.ka.ku.

國際市場價格

世界市場価格
se.ka.i.shi.jo.u.ka.ka.ku.

國際市場價格

物価指数
bu.kka.shi.su.u.

物價指數

価格効果
ka.ka.ku.ko.u.ka.

價格效應

値幅制限
ne.ha.ba.se.i.ge.n.

價格限制

価格統制
ka.ka.ku.to.u.se.i.

價格控制

価格理論
ka.ka.ku.ri.ro.n.

價格理論

価格規制
ka.ka.ku.ki.se.i.

價格調整

価格支持
ka.ka.ku.shi.ji.

價格支援

販売条件
ha.n.ba.i.jo.u.ke.n.

銷售條件

為替レート
ka.wa.se.re.e.to.

匯率

● 價格談判

最低価格 さいていかかく sa.i.te.i.ka.ka.ku.	最低價格
最高価格 さいこうかかく sa.i.ko.u.ka.ka.ku.	最高價格
値段を吹っかける ねだん ふ ne.da.n.o./fu.kka.ke.ru.	漫天要價
高すぎる たか ta.ka.su.gi.ru.	(價格)過高的
合理的 ごうりてき go.u.ri.te.ki.	合理
利益 りえき ri.e.ki.	利潤
売り上げ う あ u.ri.a.ge.	營業額／收入
利潤 りじゅん ri.ju.n.	利潤
価格弱含み かかくよわぶく ka.ka.ku.yo.wa.bu.ku.mi.	價格疲軟
値下げ ねさ ne.sa.ge.	削價
引き下げる ひ さ hi.ki.sa.ge.ru.	降低(價格)
安くする やす ya.su.ku.su.ru.	降低一點

切り下げる
ki.ri.sa.ge.ru.　　　　　降價

- -

負ける
ma.ke.ru.　　　　　　降價

- -

値引き
ne.bi.ki.　　　　　　減價

- -

減価
ge.n.ka.　　　　　　減價

- -

● 參考價格

指標価格
<ruby>指<rt>し</rt></ruby><ruby>標<rt>ひょう</rt></ruby><ruby>価<rt>か</rt></ruby><ruby>格<rt>かく</rt></ruby>
shi.hyo.u.ka.ka.ku.
參考價格

名目価格
<ruby>名<rt>めい</rt></ruby><ruby>目<rt>もく</rt></ruby><ruby>価<rt>か</rt></ruby><ruby>格<rt>かく</rt></ruby>
me.i.mo.ku.ka.ka.ku.
名義上的價格

ノミナルプライス
no.mi.na.ru.pu.ra.i.su.
非市場價值

平均価格
<ruby>平<rt>へい</rt></ruby><ruby>均<rt>きん</rt></ruby><ruby>価<rt>か</rt></ruby><ruby>格<rt>かく</rt></ruby>
he.i.ki.n.ka.ka.ku.
平均價格

仲値
<ruby>仲<rt>なか</rt></ruby><ruby>値<rt>ね</rt></ruby>
na.ka.ne.
平均價格

市場価格
<ruby>市<rt>し</rt></ruby><ruby>場<rt>じょう</rt></ruby><ruby>価<rt>か</rt></ruby><ruby>格<rt>かく</rt></ruby>
si.jo.u.ka.ka.ku.
市價

● 估價

見積もり
<ruby>見<rt>み</rt></ruby><ruby>積<rt>つ</rt></ruby>もり
mi.tsu.mo.ri.
估價

予算
<ruby>予<rt>よ</rt></ruby><ruby>算<rt>さん</rt></ruby>
yo.sa.n.
預算

予想高
<ruby>予<rt>よ</rt></ruby><ruby>想<rt>そう</rt></ruby><ruby>高<rt>だか</rt></ruby>
yo.so.u.da.ka.
預算金額

● 原價現行價格

固定価格
ko.te.i.ka.ka.ku.

固定價格

確定売り込み
ka.ku.te.i.u.ri.ko.mi.

實價

ファームオファー
fa.a.mu.o.fa.a.

實價

原価
ge.n.ka.

原價

維持
i.ji.

維持（原價）

現価
ge.n.ka.

時價

市価
shi.ka.

市價

カレントプライス
ka.re.n.to.pu.ra.i.su.

時價

● 最高／最低／成本價

上限価格　　　　最高價
jo.u.ge.n.ka.ka.ku.

最高価格　　　　最高價
sa.i.ko.u.ka.ka.ku.

最低価格　　　　最低價
sa.i.te.i.ka.ka.ku.

底値　　　　　　最低價
so.ko.ne.

基本価格　　　　底價
ki.ho.n.ka.ka.ku.

原価　　　　　　成本價
ge.n.ka.

仕入値段　　　　成本價
shi.i.re.ne.da.n.

コスト　　　　　成本
ko.su.to.

● 優惠價格

ディスカウント
di.su.ka.u.n.to.

折扣

見切り
mi.ki.ri.

價格優惠

サービス
sa.a.bi.su.

優惠

お手頃価格
o.te.go.ro.ka.ka.ku.

合理價格

お得
o.to.ku.

優惠的／值得買的

特別価格
to.ku.be.tsu.ka.ka.ku.

特價

● 價格策略

条件
jo.u.ke.n.
條件

支払条件
shi.ha.ra.i.jo.u.ke.n.
付款方式

お支払い
o.shi.ha.ra.i.
付款

現金
ge.n.ki.n.
現金交易

通貨
tsu.u.ka.
貨幣

貨幣
ka.he.i.
貨幣

クレジット
ku.re.ji.tto.
信用

信用
shi.n.yo.u.
信用

割り当てる
wa.ri.a.te.ru.
分配

分け合う
wa.ke.a.u.
分配

運賃
u.n.chi.n.
運費

コスト
ko.su.to.
成本

価格政策
ka.ka.ku.se.i.sa.ku.　　價格策略

価格契約
ka.ka.ku.ke.i.ya.ku.　　價格合約

価格計算
ka.ka.ku.ke.i.sa.n.　　價格計算

付加価格
fu.ka.ka.ka.ku.　　附加價

為替レート
ka.wa.se.re.e.to.　　匯率

為替相場
ka.wa.se.so.u.ba.　　匯市

価格構造
ka.ka.ku.ko.u.zo.u.　　價格構成

轉嫁
te.n.ka.　　轉嫁

建値
ta.te.ne.　　價格條件

現物価格
ge.n.bu.tsu.ka.ka.ku.　　現貨價格

コミッション
ko.mi.ssho.n.　　佣金

周旋料
shu.u.se.n.ryo.u.　　佣金

手数料
te.su.u.ryo.u.　　佣金／手續費

口銭
こうせん
ko.u.se.n.　　　　　　佣金

歩合
ぶ あい
bu.a.i.　　　　　　　佣金

ディスカウント
di.su.ka.u.n.to.　　　折扣

割引
わりびき
wa.ri.bi.ki.　　　　　折扣

値引き
ね び
ne.bi.ki.　　　　　　降價／打折

安売り
やすう
ya.su.u.ri.　　　　　便宜賣出

おまけ
o.ma.ke.　　　　　　贈品／附贈

● 其他

最高価格 さいこうかかく sa.i.ko.u.ka.ka.ku.	最好的價格
新価格 しんかかく shi.n.ka.ka.ku.	新價
旧価格 きゅうかかく kyu.u.ka.ka.ku.	舊價
始値 はじめね ha.ji.me.ne.	開盤價
終値 おわりね o.wa.ri.ne.	收盤價
卸売価格 おろしうりかかく o.ro.shi.u.ri.ka.ka.ku.	批發價
希望小売価格 きぼうこうりかかく ki.bo.u.ko.u.ri.ka.ka.ku.	零售價
正味価格 しょうみかかく sho.u.mi.ka.ka.ku.	淨價
正価 せいか se.i.ka.	淨價
ネットプライス ne.tto.pu.ra.i.su.	淨價
総価格 そうかかく so.u.ka.ka.ku.	毛價

69

■ 辦公室日語

● 人事規定

ID カード
i.d.ka.a.do.　　　　識別證

社員証
sha.i.n.sho.u.　　　識別證

昼食時間
chu.u.sho.ku.ji.ka.n.　　中午休息時間

昼休み
hi.ru.ya.su.mi.　　　午休時間

営業時間
e.i.gyo.u.ji.ka.n.　　營業時間

勤務時間
ki.n.mu.ji.ka.n.　　辦公時間

労働移動総数
ro.u.do.u.i.do.u.so.u.su.u.　　人員更替率

売上高
u.ri.a.ge.da.ka.　　營業額

出来高
de.ki.da.ka.　　交易額／證券成交額

解雇
ka.i.ko.　　解僱

くび
ku.bi.　　解僱

昇進
sho.u.shi.n.

升職

出世
shu.sse.

升職／出人頭地

栄転
e.i.te.n.

升職(至總公司或更好的
分公司)

勤務評定
ki.n.mu.hyo.u.te.i.

考績評核

人事考課
ji.n.ji.ko.u.ka.

考績評核

業績評価
gyo.u.se.ki.hyo.u.ka.

業績考核

評価用紙
hyo.u.ka.yo.u.shi.

考績評鑑卡

推奨制度
su.i.sho.u.se.i.do.

激勵制度

奨励給
sho.u.re.i.kyu.u.

激勵獎金

社員旅行
sha.i.n.ryo.ko.u.

員工旅遊

慰安旅行
i.a.n.ryo.ko.u.

獎勵旅遊

昇給
sho.u.kyu.u.

加薪

給与
kyu.u.yo.

薪水

給料
<ruby>きゅうりょう</ruby>
kyu.u.ryo.u.

薪水

タイムカード
ta.i.mu.ka.a.do.

出勤卡

タイムカードを打つ
ta.i.mu.ka.a.do.o./u.tsu.

打卡上下班

● 工作夥伴

仲間 な.か.ま na.ka.ma.	夥伴
同僚 どう.りょう do.u.ryo.u.	同事
雇員 こ.いん ko.i.n.	雇員
従業員 じゅう.ぎょう.いん ju.u.gyo.u.i.n.	員工
店員 てん.いん te.n.i.n.	店員
雇用者 こ.よう.しゃ ko.yo.u.sha.	雇主
雇い主 やと.ぬし ya.to.i.nu.shi.	雇主
使い手 つか.て tsu.ka.i.te.	雇主
スタッフ su.ta.ffu.	員工
職員 しょく.いん sho.ku.i.n.	員工
役員 やく.いん ya.ku.i.n.	員工

■ 日文單字急救包 實務篇

● 職務代理

仮
ka.ri.
暫代的

代理
da.i.ri.
暫代的

部長代理
bu.cho.u.da.i.ri.
代理經理

代理者
da.i.ri.sha.
代理人

代理署名
da.i.ri.sho.me.i.
代簽

仕事の引継ぎ
shi.go.to.no.hi.ki.tsu.gi.
接替工作

後継者
ko.u.ke.i.sha.
繼承者

跡継ぎ
a.to.tsu.gi.
繼任者

職務代理者
sho.ku.mu.da.i.ri.sha.
代理工作的人

公認
ko.u.ni.n.
授權給

認可
ni.n.ka.
認定

指定
shi.te.i.
指派

認定 ni.n.te.i.	授權
権限 ke.n.ge.n.	職權
権力 ke.n.ryo.ku.	職權
職権 sho.kke.n.	職權
担当 ta.n.to.u.	管理
手掛ける te.ga.ke.ru.	管理／照料
世話をする se.wa.o.su.ru.	照顧

● 上下班／輪班／休假

休み中
ya.su.mi.chu.u.
休息中

閉店
he.i.te.n.
關店

定休日
te.i.kyu.u.bi.
公休日

出勤
shu.kki.n.
打卡上班

勤務中
ki.n.mu.chu.u.
在上班

当直
to.u.cho.ku.
值班中

退勤
ta.i.ki.n.
下班

日勤
ni.kki.n.
日班

早番
ha.ya.ba.n.
早班

早出
ha.ya.de.
早班

遅番
o.so.ba.n.
晚班

遅出
o.so.de.
晚班

通し勤務
to.o.shi.ki.n.mu.
連續值班

16勤
ju.u.ro.kki.n.
16小時值班

24勤
ni.ju.u.yo.ki.n.
24小時值班

準夜勤
ju.n.ya.ki.n.
小夜班

深夜勤
shi.n.ya.ki.n.
大夜班

非番
hi.ba.n.
非上班時間仍值班

交代勤務
ko.u.ta.i.ki.n.mu.
輪班制

二交代式勤務
ni.ko.u.ta.i.shi.ki.ki.n.mu.
兩班式

兼職
ke.n.sho.ku.
兼差

休み
ya.su.mi.
請假

欠勤
ke.kki.n.
請假

休憩時間
kyu.u.ke.i.ji.ka.n.
休息時間

外出先
ga.i.shu.tsu.sa.ki.
外出地點

77

直帰
ちょっき
cho.kki.

直接回家不回公司

勤務時間
きんむじかん
ki.n.mu.ji.ka.n.

上班時間

休暇
きゅうか
kyu.u.ka.

休假

有給休暇
ゆうきゅうきゅうか
yu.u.kyu.u.kyu.u.ka.

年假／特休

年次有給休暇
ねんじゆうきゅうきゅうか
ne.n.ji.yu.u..kyu.u.kyu.u.ka.

年假／特休

有休
ゆうきゅう
yu.u.kyu.u.

年假／特休

年休
ねんきゅう
ne.n.kyu.u.

年假／特休

国民の祝日
こくみん の しゅくじつ
ko.ku.mi.n.no.shu.ku.ji.tsu.

國定假日

振替休日
ふりかえきゅうじつ
fu.ri.ka.e.kyu.u.ji.tsu.

補放假

国民の休日
こくみん きゅうじつ
ko.ku.mi.n.no.kyu.u.ji.tsu.

例假日

組合休暇
くみあいきゅうか
ku.mi.a.i.kyu.u.ka.

公假

病休
びょうきゅう
byo.u.kyu.u.

病假

病気休暇
びょうききゅうか
byo.u.ki.kyu.u.ka.

病假

介護休暇 ka.i.go.kyu.u.ka.	因照顧家人所請的假
結婚休暇 ke.kko.n.kyu.u.ka.	婚假
産休 sa.n.kyu.u.	產假
育児休暇 i.ku.ji.kyu.u.ka.	育兒假
育休 i.ku.kyu.u.	育兒假
生理休暇 se.i.ri.kyu.u.ka.	生理假
忌引休暇 ki.bi.ki.kyu.u.ka.	喪假
リフレッシュ休暇 ri.fu.re.sshu.kyu.u.ka.	公司給予的特休 (類似補休)
ボランティア休暇 bo.ra.n.ti.a.kyu.u.ka.	去當義工而請的假
夏休み na.tsu.ya.su.mi.	暑假
冬休み fu.yu.ya.su.mi.	寒假
春休み ha.ru.ya.su.mi.	春假
休日出勤 kyu.u.ji.tsu.shu.kki.n.	假日加班

飛石連休
to.bi.i.shi.re.n.kyu.u.

含週末的連休

休暇願
kyu.u.ka.ne.ga.i.

請假單

休暇願用紙
kyu.u.ka.ne.ga.i.yo.u.shi.

請假單

● 辦公室職稱

やくしょく **役職** ya.ku.sho.ku.	公司中具決策能力的 職位
いっぱんしょく **一般職** i.ppa.n.sho.ku.	一般職員(處理一般事 務，較無升遷機會)
そうごうしょく **総合職** so.u.go.u.sho.ku.	將來較有升遷機會的 職位
ヴァイスプレジデント ba.i.su.pu.re.ji.de.n.to.	權利較副社長稍低的 職位
かいちょう **会長** ka.i.cho.u.	會長／董事長
かかりちょう **係長** ka.ka.ri.cho.u.	股長
かちょう **課長** ka.cho.u.	課長
かんさやく **監査役** ka.n.sa.ya.ku.	稽核
かんしょく **閑職** ka.n.sho.ku.	不受重視的閒差
かんりしょく **管理職** ka.n.ri.sho.ku.	管理職
ぎょうむしっこうとりしまりやく **業務執行取締役** gyo.u.mu.shi.kko.u.to.ri.shi.ma.ri.ya.ku.	董事
こうじょうちょう **工場長** ko.u.jo.u.cho.u.	廠長

コース別管理制度
べつかんりせいど
ko.o.su.be.tsu.ka.n.ri.se.i.do.

依不同職務，分別有不
同管理系統

最高技術責任者
さいこうぎじゅつせきにんしゃ
sa.i.ko.u.gi.ju.tsu.se.ki.ni.n.sha.

技術長

最高経営責任者
さいこうけいえいせきにんしゃ
sa.i.ko.u.ke.i.e.i.se.ki.ni.n.sha.

經營長

最高財務責任者
さいこうざいむせきにんしゃ
sa.i.ko.u.za.i.mu.se.ki.ni.n.sha.

財務長

最高執行責任者
さいこうしっこうせきにんしゃ
sa.i.ko.u.shi.kko.u.se.ki.ni.n.sha.

執行長

最高情報責任者
さいこうじょうほうせきにんしゃ
sa.i.ko.u.jo.u.ho.u.se.ki.ni.n.sha.

資訊長

最高知識責任者
さいこうちしきせきにんしゃ
sa.i.ko.u.chi.shi.ki.se.ki.ni.n.sha.

知識長

参与
さんよ
sa.n.yo.

輔助經營者的角色，
相當於董事

次長
じちょう
ji.cho.u.

次長

支配人
しはいにん
shi.ha.i.ni.n.

店長

社外取締役
しゃがいとりしまりやく
sha.ga.i.to.ri.shi.ma.ri.ya.ku.

非在公司內工作的董事

社長
しゃちょう
sha.cho.u.

社長／公司老闆

商業使用人
しょうぎょうしようにん
sho.u.gyo.u.shi.yo.u.ni.n.

輔助公司老闆的人

<ruby>代表<rt>だいひょう</rt></ruby> da.i.hyo.u.	代表
<ruby>代表取締役<rt>だいひょうとりしまりやく</rt></ruby> da.i.hyo.u.to.ri.shi.ma.ri.ya.ku.	董事長
<ruby>中間管理職<rt>ちゅうかんかんりしょく</rt></ruby> chu.u.ka.n.ka.n.ri.sho.ku.	中堅職務
<ruby>頭取<rt>とうどり</rt></ruby> to.u.do.ri.	銀行行長
<ruby>取締役<rt>とりしまりやく</rt></ruby> to.ri.shi.ma.ri.ya.ku.	董事
<ruby>秘書<rt>ひしょ</rt></ruby> hi.sho.	祕書
<ruby>部長<rt>ぶちょう</rt></ruby> bu.sho.u.	部長
マネージャー ma.ne.e.ja.a.	經紀人
<ruby>名誉会長<rt>めいよかいちょう</rt></ruby> me.i.yo.ka.i.cho.u.	榮譽會長
<ruby>名誉顧問<rt>めいよこもん</rt></ruby> me.i.yo.ko.mo.n.	榮譽顧問
<ruby>名誉職<rt>めいよしょく</rt></ruby> me.i.yo.sho.ku.	榮譽職
<ruby>名誉相談役<rt>めいよそうだんやく</rt></ruby> me.i.yo.so.u.da.n.ya.ku.	榮譽顧問
<ruby>役員<rt>やくいん</rt></ruby> ya.ku.i.n.	主任

支配人
しはいにん
shi.ha.i.ni.n.　　　　　　　管理師／店長

管理者
かんりしゃ
ka.n.ri.sha.　　　　　　　管理者

運営者
うんえいしゃ
u.n.e.i.sha.　　　　　　　經營者

会計士
かいけいし
ka.i.ke.i.shi.　　　　　　會計

エンジニア
e.n.ji.ni.a.　　　　　　　工程師

チーフエンジニア　　首席工程師
chi.i.fu.e.n.ji.ni.a.

諮問エンジニア　　　顧問工程師
しもん
shi.mo.n.e.n.ji.ni.a.

システムエンジニア　系統工程師
shi.su.te.mu.e.n.ji.ni.a.

プロジェクトリーダーエンジニア
　　　　　　　　　　　主任工程師
pu.ro.je.ku.to.ri.i.da.a.e.n.ji.ni.a.

アカウントエンジニア　專案工程師
a.ka.u.n.to.e.n.ji.ni.a.

シニアエンジニア　　高級工程師
shi.ni.a.e.n.ji.ni.a.

ネットワークエンジニア　網路工程師
ne.tto.wa.a.ku.e.n.ji.ni.a.

アシスタントエンジニア a.shi.su.ta.n.to.e.n.ji.ni.a.	助理工程師
アシスタント a.shi.su.ta.n.to.	助理
助手 jo.shu.	助理
事務員 ji.mu.i.n.	事務員
作業員 sa.gyo.u.i.n.	作業員
スタッフ su.ta.ffu.	職員
職員 sho.ku.i.n.	職員
シニアスペシャリスト shi.ni.a.su.pe.sha.ri.su.to.	高級專員
スペシャリスト su.pe.sha.ri.su.to.	專員
主任技術者 shu.ni.n.gi.ju.tsu.sha.	高級技術員
テクニシャン te.ku.ni.sha.n.	技術員
アシスタントテクニシャン a.shi.su.ta.n.to.te.ku.ni.sha.n.	助理技術員
チームリーダー chi.i.mu.ri.i.da.a.	領班

85

サイト管理人
<ruby>管理人<rt>かんりにん</rt></ruby>
sa.i.to.ka.n.ri.ni.n.　　　　網站管理專員

用務員
<ruby>用務員<rt>ようむいん</rt></ruby>
yo.u.mu.i.n.　　　　工友

契約社員
<ruby>契約社員<rt>けいやくしゃいん</rt></ruby>
ke.i.ya.ku.sha.i.n.　　　　約聘人員

ボランティア
bo.ra.n.ti.a.　　　　志工

テンポラリーワーカー
te.n.po.ra.ri.i.wa.a.ka.a.　　　　臨時人員

臨時工
<ruby>臨時工<rt>りんじこう</rt></ruby>
ri.n.ji.ko.u.　　　　臨時人員

派遣社員
<ruby>派遣社員<rt>はけんしゃいん</rt></ruby>
ha.ke.n.sha.i.n.　　　　派遣員工

● 辦公室各處室

本社 ほんしゃ ho.n.sha.	總公司
本部 ほんぶ ho.n.bu.	總公司／總部
本店 ほんてん ho.n.te.n.	總店
支店 してん shi.te.n.	分公司
支社 ししゃ shi.sha.	分公司
支局 しきょく shi.kyo.ku.	分公司
会長室 かいちょうしつ ka.i.cho.u.shi.tsu.	董事長室
グループ gu.ru.u.pu.	事業群
事業部 じぎょうぶ ji.gyo.u.bu.	事業處
部門 ぶもん bu.mo.n.	部門
課 か ka.	課／科室
管理部 かんりぶ ka.n.ri.bu.	行政部

• track 041

お客様サービス課 o.kya.ku.sa.ma.sa.a.bi.su.ka.	客服部
財務部 za.i.mu.bu.	財務部
株主総会 ka.bu.nu.shi.so.u.ka.i.	股東會
取締役会 to.ri.shi.ma.ri.ya.ku.ka.i.	董事會
スタッフ部門 su.ta.ffu.bu.mo.n.	內勤部門
ライン部門 ra.i.n.bu.mo.n.	外勤部門
企画広報室 ki.ka.ku.ko.u.ho.u.shi.tsu.	公關部
研究開発部 ke.n.kyu.u.ka.i.ha.tsu.bu.	研發部
経理部 kc.i.ri.bu.	經營部門
財務部 za.i.mu.bu.	財務部
総務部 so.u.mu.bu.	總務部／事務部
人事部 ji.n.ji.bu.	人事部
購買部 ko.u.ba.i.bu.	採購部

88

営業部 えいぎょうぶ ei.i.gyo.u.bu.	營業部
製造部 せいぞうぶ se.i.zo.u.bu.	製造部
マーケティング部 ぶ ma.a.ke.ti.n.gu.bu.	行銷部
企画部 きかくぶ ki.ka.ku.bu.	企劃部
IT 部門 ぶもん i.t.bu.mo.n.	資訊部
コンピューターセンター ko.n.pyu.u.ta.a.se.n.ta.a.	電腦中心
品質管理部 ひんしつかんりぶ hi.n.shi.tsu.ka.n.ri.bu.	品管部
法務部 ほうむぶ ho.u.mu.bu.	法務部
監査役室 かんさやくしつ ka.n.sa.ya.ku.shi.tsu.	稽核室
メールルーム me.e.ru.ru.u.mu.	收發室

■ 辦公室設備

● 辦公事務機

タイプライター ta.i.pu.ra.i.ta.a.	打字機
ワープロ wa.a.pu.ro.	文字處理機
ファックス fa.kku.su.	傳真機
複写機 fu.ku.sha.ki.	影印機
コピー機 ko.pi.i.ki.	影印機
コピー室 ko.pi.i.shi.tsu.	影印室
コピー ko.pi.i.	影印
シュレッダー shu.re.dda.a.	碎紙機
公衆電話 ko.u.shu.u.de.n.wa.	(公共)電話
留守番電話 ru.su.ba.n.de.n.wa.	電話答錄機
留守電 ru.su.de.n.	電話答錄機

スケール su.ke.e.ru.	磅秤
ラミネートフィルム ra.mi.ne.e.to.fi.ru.mu.	護貝膠膜
バッテリー ba.tte.ri.i.	電池
電池 de.n.chi.	電池
複合機 fu.ku.go.u.ki.	複合事務機

● 辦公傢俱

スチールキャビネット su.chi.i.ru.kya.bi.ne.tto.	鐵櫃
机 tsu.ku.e.	辦公桌
オフィスデスク o.fi.su.de.su.ku.	辦公桌
椅子 i.su.	辦公椅
OA チェア o.a.che.a.	辦公椅
オフィスチェア o.fi.su.che.a.	辦公椅
折りたたみイス o.ri.ta.ta.mi.i.su.	折疊椅
会議用テーブル ka.i.gi.yo.u.te.e.bu.ru.	會議桌
ロッカー ro.kka.a.	置物櫃
かさ立て ka.sa.da.te.	傘架
蛍光灯 ke.i.ko.u.to.u.	日光燈
電気スイッチ de.n.ki.su.i.cchi.	電源開關

スイッチ su.i.cchi.	開關
シーリングファン shi.i.ri.n.gu.fa.n.	吊扇
扇風機 se.n.pu.u.ki.	電扇
ごみばこ go.mi.ba.ko.	垃圾桶
燃えるごみ mo.e.ru.go.mi.	可燃垃圾
燃えないごみ mo.e.na.i.go.mi.	不可燃垃圾
資源物 shi.ge.n.bu.tsu.	可回收物
専用のコンテナ se.n.yo.u.no.ko.n.te.na.	専用的籃子
古紙 ko.shi.	廢紙
くずかご ku.zu.ka.go.	廢紙簍
掃除機 so.u.ji.ki.	吸塵器
除湿機 jo.shi.tsu.ki.	除濕機
加湿器 ka.shi.tsu.ki.	加溼器

空気清浄機
ku.u.ki.se.i.jo.u.ki.

空氣清淨機

パーティション
pa.a.ti.sho.n.

辦公室隔板

棚
ta.na.

櫃子

書庫
sho.ko.

檔案櫃

応接セット
o.u.se.tsu.se.tto.

會客用桌椅

ザ

● 電腦及週邊

1 商用日語

プリンター pu.ri.n.ta.a.	印表機
レーザープリンター re.e.za.a.pu.ri.n.ta.a.	雷射印表機
ジェットプリンター je.tto.pu.ri.n.ta.a.	噴墨印表機
スキャナー su.kya.na.a.	掃描機
トナー to.na.a.	碳粉
パソコン pa.so.ko.n.	個人電腦
コンピューター ko.n.pyu.u.ta.a.	電腦
ハードディスク ha.a.do.de.su.ku.	硬碟
マウス ma.u.su.	滑鼠
ハード ha.a.do.	硬體
ハードウェア ha.a.do.we.a.	硬體
ソフト so.fu.to.	軟體

● track 045

ソフトウェア so.fu.to.we.a.	軟體
ヘッドホン he.ddo.ho.n.	耳機
モニター mo.ni.ta.a.	螢幕

● 檔案／雜物儲藏室

倉庫 so.u.ko.	倉庫
設備室 se.tsu.bi.shi.tsu.	設備室
工具室 ko.u.gu.shi.tsu.	工具室
機械室 ki.ka.i.shi.tsu.	器材室

● 盥洗室

お手洗い
o.te.a.ra.i.
洗手間

- -

トイレ
to.i.re.
廁所/馬桶

- -

便器
be.n.ki.
馬桶

- -

便ふた
be.fu.ta.
馬桶蓋

- -

便座
be.n.za.
馬桶座

- -

トイレットペーパーホルダー
to.i.re.tto.pe.e.pa.a.ho.ru.da.a.
衛生紙架

- -

トイレットペーパー
to.i.re.tto.pe.e.pa.a.
衛生紙

- -

タンク
ta.n.ku.
水箱

- -

せっけん
se.kke.n.
肥皂

- -

ソープ
so.o.pu.
肥皂

- -

石鹸置き
se.kke.n.o.ki.
肥皂台

- -

ソープスタンド
so.o.pu.su.ta.n.do.
肥皂台

- -

97

ミラー mi.ra.a.	鏡子
鏡 かがみ ka.ga.mi.	鏡子
蛇口 じゃぐち ja.gu.chi.	水龍頭
水道水 すいどうすい su.i.do.u.su.i.	自來水
水 みず mi.zu.	水
洗面台 せんめんだい se.n.me.n.da.i.	洗手台
流し なが na.ga.shi.	水槽／洗手台

● 機房

防犯システム　　　　　監視系統
bo.u.ha.n.shi.su.te.mu.

監視システム　　　　　監視系統
ka.shi.shi.su.te.mu.

アーカイブ　　　　　　檔案室
a.a.ka.i.bu.

書庫　　　　　　　　　檔案櫃
sho.ko.

アーカイブキャビネット　檔案櫃
a.a.ka.i.bu.kya.bi.ne.tto.

● 茶水間／休息區

給湯室
きゅうとうしつ
kyu.u.to.u.shi.tsu.　　　　茶水間

電気ポット
でんき
de.n.ki.po.tto.　　　　電子熱水瓶

電気ケトル
でんき
de.n.ki.ke.to.ru.　　　　電子熱水瓶

給水器
きゅうすいき
kyu.u.su.i.ki.　　　　飲水機

給湯器
きゅうとうき
kyu.u.to.u.ki.　　　　飲水機／熱水器

冷蔵庫
れいぞうこ
re.i.zo.u.ko.　　　　冰箱

洗濯機
せんたくき
se.n.ta.ku.ki.　　　　洗衣機

食器棚
しょっきだな
sho.kki.da.na.　　　　碗櫃

自動販売機
じどうはんばいき
ji.do.u.ha.n.ba.i.ki.　　　　自動販賣機

自販機
じはんき
ji.ha.n.ki.　　　　自動販賣機

社員食堂
しゃいんしょくどう
sha.i.n.sho.ku.do.u.　　　　員工餐廳

ジム
ji.mu.　　　　健身中心

喫煙室 きつえんしつ ki.tsu.e.n.shi.tsu.	吸煙室
喫煙コーナー きつえん ki.tsu.e.n.ko.o.na.a.	吸煙區
禁煙 きんえん ki.n.e.n.	禁止吸煙
レセプションルーム re.se.pu.sho.n.ru.u.mu.	會客室
応接間 おうせつま o.u.se.tsu.ma.	會客室
ラウンジ ra.u.n.ji.	休息室
休憩室 きゅうけいしつ kyu.u.ke.i.shi.tsu.	交誼中心
休憩所 きゅうけいじょ kyu.u.ke.i.jo.	休息室

● 消防安全

消火栓 しょうかせん
sho.u.ka.se.n.
消防栓

消火器 しょうかき
sho.u.ka.ki.
滅火器

避難はしご ひなん
hi.na.n.ha.shi.go.
逃生梯

緩降機 かんこうき
ka.n.ko.u.ki.
緩降機

避難滑り台 ひなんすべ だい
hi.na.n.su.be.ri.da.i.
緩降梯

緊急ランプ きんきゅう
ki.n.kyu.u.ra.n.pu.
緊急照明

避難経路 ひなんけいろ
hi.na.n.ke.i.ro.
疏散方向

出口 でぐち
de.gu.chi.
出口

非常口 ひじょうぐち
hi.jo.u.gu.chi.
安全門

● 公共空間

掲示板
ke.ui.ji.ba.n.
公佈欄

駐車場
chu.u.sha.jo.u.
停車場

専用駐車スペース
se.n.yo.u.chu.u.sha.su.pe.e.su.
專用停車位

エレベーター
e.re.be.e.ta.a.
電梯

階段
ka.i.da.n.
樓梯

メールボックス
me.e.ru.bo.kku.su.
信箱

看板
ka.n.ba.n.
招牌

標識
hyo.u.shi.ki.
指標

● 會議室

ホワイトボード ho.wa.i.to.bo.o.do.	白板
黒板 ko.ku.ba.n.	黑板
マイク ma.i.ku.	麥克風
オーディオ o.o.di.o.	視聽器材
プロジェクター pu.ro.je.ku.ta.a.	投影機
スライドプロジェクター su.ra.i.do.pu.ro.je.ku.ta.a.	幻燈機
スクリーン su.ku.ri.i.n.	投影螢幕
可動式スクリーン ka.do.u.shi.ki.su.ku.ri.i.n.	活動式投影螢幕
写真 sha.shi.n.	照片
フォトグラフ fo.to.gu.ra.fu.	照片
画像 ga.zo.u.	圖片
図 zu.	圖

DVD プレーヤー d.v.d.pu.re.e.ya.a.	DVD 放影機
DVD レコーダー d.v.d.re.ko.o.da.a.	DVD 録影機
ブルーレイプレーヤー bu.ru.u.re.i.pu.re.e.ya.a.	藍光放影機
ブルーレイレコーダー bu.ru.u.re.i.re.ko.o.da.a.	藍光録影機
CD プレーヤー c.d.pu.re.e.ya.a.	CD 録放音機
リモコン ri.mo.ko.n.	遙控器
スピーカー su.pi.i.ka.a.	喇叭
レーザーポインター re.e.za.a.po.i.n.ta.a.	雷射筆
ホワイトボードペン ho.wa.i.to.bo.o.do.pe.n.	白板
マーカー ma.a.ka.a.	白板筆／麥克筆
電線 de.n.se.n.	電線
コンセント ko.n.se.n.to.	插座
プラグ pu.ra.gu.	插頭

イレーザー i.re.e.za.a.	板擦
ラーフル ra.a.fu.ru.	板擦
マグネット ma.gu.ne.tto.	磁鐵
テレビ te.re.bi.	電視機
エアコン e.a.ko.n.	冷氣
クーラー ku.u.ra.a.	冷氣
冷房 re.i.bo.u.	冷氣
パソコン pa.so.ko.n.	電腦
ノートパソコン no.o.to.pa.so.ko.n.	筆記型電腦
カーテン ka.a.te.n.	窗簾
ブラインド bu.ra.i.n.do.	百葉窗簾
演台 e.n.da.i.	講台
演壇 e.n.da.n.	講台

ブリーフィングルーム　　簡報室
bu.ri.i.fi.n.gu.ru.u.mu.

会議室　　　　　　　　會議室
ka.i.gi.shi.tsu.

ホール　　　　　　　　會堂
ho.o.ru.

■ 書信及電話

● 書信種類

見積書送付の案内 　估價單送出通知
mi.tsu.mo.ri.sho.so.u.fu.no.a.n.na.i.

- -

請求書送付の案内 　請款單送出通知
se.i.kyu.u.sho.so.u.fu.no.a.n.na.i.

- -

資料送付の案内 　資料送出之通知
shi.ryo.u.so.u.fu.no.a.n.na.i.

- -

送別会の案内 　送別會通知
so.u.be.tsu.ka.i.no.a.n.na.i.

- -

歓迎会の案内 　歡迎會通知
ka.n.ge.i.ka.i.no.a.n.na.i.

- -

忘年会の案内 　尾牙（年末聚會）通知
bo.u.ne.n.ka.i.no.a.n.na.i.

- -

新年会の案内 　春酒通知
shi.n.ne.n.ka.i.no.a.n.na.i.

- -

お礼メール 　致謝的電子郵件
o.re.i.me.e.ru.

- -

食事接待のお礼 　感謝招待（吃飯）
sho.ku.ji.se.tta.i.no.o.re.i.

- -

飲食接待のお礼 　感謝招待（吃飯）
i.n.sho.ku.se.tta.i.no.o.re.i.

- -

通夜に関するお礼 　感謝參與守夜
tsu.ya.ni.ka.n.su.ru.o.re.i.

- -

葬儀に関するお礼　感謝參與喪禮
so.u.gi.ni.ka.n.su.ru.o.re.i.

お見舞いのお礼　感謝前來探病
o.mi.ma.i.no.o.re.i.

挨拶メール　問候的電子郵件
a.i.sa.tsu.me.e.ru.

退職の挨拶　告知離職
ta.i.sho.ku.no.a.i.sa.tsu.

お祝いメール　祝福的電子郵件
o.i.wa.i.me.e.ru.

結婚式お祝い　恭喜結婚
ke.kko.n.shi.ki.o.i.wa.i.

誕生日お祝い　生日祝賀
ta.n.jo.u.bi.o.i.wa.i.

成人式お祝い　成年祝賀
se.i.ji.n.shi.ki.o.i.wa.i.

合格祝い　金榜提名祝賀
go.u.ka.ku.i.wa.i.

卒業祝い　畢業祝賀
so.tsu.gyo.u.i.wa.i.

新築祝い　遷居（新房子）祝賀
shi.n.chi.ku.i.wa.i.

お悔やみ　弔喪
o.ku.ya.mi.

お見舞い　探病／慰問
o.mi.ma.i.

病気お見舞
byo.u.ki.o.mi.ma.i.
慰問（生病）

怪我お見舞
ke.ga.o.mi.ma.i.
慰問（受傷）

火事お見舞
ka.ji.o.mi.ma.i.
慰問（火災）

災害お見舞
sa.i.ga.i.o.mi.ma.i.
慰問（遇上災害）

季節のメール
ki.se.tsu.no.me.e.ru.
季節問候之電子郵件

クリスマスメール
ku.ri.su.ma.su.me.e.ru.
聖誕祝賀的電子郵件

年末のご挨拶
ne.n.ma.tsu.no.go.a.i.sa.tsu.
歲末年終的問候

年始のご挨拶
ne.n.shi.no.go.a.i.sa.tsu.
新年問候

年賀状
ne.n.ga.jo.u.
賀年明信片

寒中見舞い
ka.n.chu.u.mi.ma.i.
冬季問候

暑中見舞い
sho.chu.u.mi.ma.i.
夏季問候

残暑見舞い
za.n.sho.mi.ma.i.
夏季尾聲的問候

● 書信用季節信問候

賀正
ga.sho.u.

恭賀新禧

あけましておめでとうございます
新年快樂
a.ke.ma.shi.te.o.me.de.to.u.go.za.i.ma.su.

謹賀新年
ki.n.ga.shi.n.ne.n.

恭賀新禧

新春の喜び
shi.n.shu.n.no.yo.ro.ko.bi.

新春快樂

厳寒のみぎり
ge.n.ka.n.no.mi.gi.ri.

天氣嚴寒之時

酷寒のみぎり
ko.kka.n.no.mi.gi.ri.

天氣嚴寒之時

寒気厳しき折柄
sa.mu.ke.ki.bi.shi.ki.o.ri.ga.ra.

天氣嚴寒之時

立春
ri.sshu.u.n.

立春

早春
so.u.shu.n.

早春

早春の候
so.u.shu.n.no.ko.u.

早春

春暖の候
shu.n.da.n.no.ko.u.

春暖

風はまだ寒く　　　　　天氣依舊寒冷
ka.ze.wa.ma.da.sa.mu.ku.

寒さも緩み　　　　　　天氣轉暖
sa.mu.sa.mo.yu.ru.mi.

春寒しだいに緩み　　　天氣轉暖
shu.n.ka.n.shi.da.i.ni.yu.ru.mi.

春暖快適の候　　　　　舒適春季時
shu.n.da.n.ka.i.te.ki.no.ko.u.

厳寒の候　　　　　　　嚴寒之時
ge.n.ka.n.no.ko.u.

春まだ浅く　　　　　　早春
ha.ru.ma.da.a.sa.ku.

立春とは名のみの寒さ　立春時的寒冷
ri.sshu.n.to.wa.na.no.mi.no.sa.mu.sa.

冬の名残りがなかなか去らず
　　　　　　　　　　　冬天的寒氣未退
fu.yu.no.na.no.go.ri.ga.na.ka.na.ka.sa.ra.zu.

寒気は冴えかえり　　　春季時常見的寒氣
sa.mu.ke.wa.sa.e.ka.e.ri.

春とは名ばかりでまだ真冬のように寒く
　　　　　　　　　　　雖已是春天卻如冬天時
　　　　　　　　　　　寒冷
ha.ru.to.wa.na.ba.ka.ri.de.ma.da.ma.fu.yu.no.yo.u.
ni.sa.mu.ku.

陽春　　　　　　　　　農曆一月／春天
yo.u.shu.n.

<ruby>仲春<rt>ちゅうしゅん</rt></ruby> chu.u.shu.n.	農曆二月／春天
<ruby>春暖<rt>しゅんだん</rt></ruby> shu.n.da.n.	溫暖的春天
<ruby>陽春の候<rt>ようしゅん こう</rt></ruby> yo.u.shu.n.no.ko.u.	春天
<ruby>春暖の候<rt>しゅんだん こう</rt></ruby> shu.n.da.n.no.ko.u.	春暖
<ruby>晩春<rt>ばんしゅん</rt></ruby> ba.n.shu.n.	春末
<ruby>惜春<rt>せきしゅん</rt></ruby> se.ki.shu.n.	春末
<ruby>暮春<rt>ぼしゅん</rt></ruby> bo.shu.n.	春末
<ruby>軽暑の候<rt>けいしょ こう</rt></ruby> ke.i.sho.no.ko.u.	初夏
<ruby>新緑の候<rt>しんりょく こう</rt></ruby> shi.n.ryo.ku.no.ko.u.	初夏
<ruby>新緑の色増す季節<rt>しんりょく いろま きせつ</rt></ruby> shi.n.ryo.ku.no.i.ro.ma.su.ki.se.tsu.	初夏問候
<ruby>五月晴れ<rt>さつきば</rt></ruby> sa.tsu.ki.ba.re.	五月晴朗的天氣
<ruby>大空にこいのぼりの躍るころ<rt>おおぞら おど</rt></ruby> o.o.zo.ra.ni.ko.i.no.bo.ri.no.o.do.ru.ko.ro.	五月／鯉魚旗飄揚的季節

113

吹く風も夏めいて　　　　夏風吹拂的時節
fu.ku.ka.ze.mo.na.tsu.me.i.te.

青田を渡る風　　　　　　夏風吹拂的時節
a.o.ta.o.wa.ta.ru.ka.ze.

新茶の香り　　　　　　　新茶茶香
shi.n.cha.no.ka.o.ri.

牡丹の花が咲き誇り
　　　　　　　　　　　　牡丹開花的時節
bo.ta.n.no.ha.na.ga.sa.ki.ho.ko.ri.

初夏の風もさわやかな頃となり
　　　　　　　　　　　　涼爽的夏風吹拂時節
sho.ka.no.ka.ze.mo.sa.wa.ya.ka.na.ko.ro.to.na.ri.

深緑の色増す頃　　　　　綠意漸濃
fu.ka.mi.do.ri.no.i.ro.ma.su.ko.ro.

梅雨　　　　　　　　　　梅雨
tsu.yu.

長雨の候　　　　　　　　雨季
na.ga.a.me.no.ko.u.

初夏　　　　　　　　　　初夏
sho.ka.

向暑　　　　　　　　　　炎熱時節
ko.u.sho.

梅雨がうっとうしい折から
　　　　　　　　　　　　煩人的梅雨季之時
tsu.yu.ga.u.tto.u.shi.i.o.ri.ka.ra.

時候不順の折　　　　　煩人的梅雨季之時
ji.ko.u.fu.ju.n.no.o.ri.

うっとうしい梅雨の季節 煩人的梅雨季之時
u.tto.u.shi.i.tsu.yu.no.ki.se.tsu.

長かった梅雨もようやくあがり
　　　　　　　　　　梅雨季結束
na.ga.ka.tta.tsu.yu.mo.yo.u.ya.ku.a.ga.ri.

爽やかな初夏を迎え　　迎向舒爽的初夏
sa.wa.ya.ka.na.sho.ka.o.mu.ka.e.

盛夏の候　　　　　　　盛夏
se.i.ka.no.ko.u.

向暑の候　　　　　　　夏天
ko.u.sho.no.ko.u.

三伏大暑の候　　　　　盛夏
sa.n.pu.ku.ta.i.sho.no.ko.u.

爽快な夏　　　　　　　舒適的夏天
so.u.ka.i.na.na.tsu.

まぶしいほどの夏　　　陽光刺眼的夏季
ma.bu.shi.i.ho.do.no.na.tsu.

連日厳しい暑さ　　　　持續炎熱的天氣
re.n.ji.tsu.ki.bi.shi.i.a.tsu.sa.

夏祭りのにぎわうころ　充滿夏日慶典的時節
na.tsu.ma.tsu.ri.no.ni.gi.wa.u.ko.ro.

炎暑のみぎり　　　　　炎熱的時節
e.n.sho.no.mi.gi.ri.

● track 055

涼風肌に心地よく 舒服的涼風拂來
りょうふうはだ ここち
ryo.u.fu.u.ha.da.ni.ko.ko.chi.yo.ku.

残暑の候 夏末
ざんしょ こう
za.n.sho.no.ko.u.

晩夏の候 夏末
ばんか こう
ba.n.ka.no.ko.u.

残暑厳しき折から 夏末
ざんしょきび おり
za.n.sho.ki.bi.shi.ki.o.ri.ka.ra.

初秋の候 初秋
しょしゅう こう
sho.shu.u.no.ko.u.

新秋快適の候 初秋
しんしゅうかいてき こう
shi.n.shu.u.ka.i.te.ki.no.ko.u.

爽秋の候 舒適秋天
そうしゅう こう
so.u.shu.n.no.ko.u.

爽やかな季節を迎え 迎向舒適的季節
さわ きせつ むか
sa.wa.ya.ka.na.ki.se.tsu.o.mu.ka.e.

朝夕はめっきり涼しく 早晚天氣漸涼
あさゆう すず
a.sa.yu.u.wa.me.kki.ri.su.zu.shi.ku.

朝夕日毎に涼しくなり 早晚天氣漸涼
あさゆうひごと すず
a.sa.yu.u.bi.go.to.ni.su.zu.shi.ku.na.ri.

秋冷の候 秋涼
しゅうれい こう
shu.u.re.i.no.ko.u.

さわやかな好季節 舒適的季節
こうきせつ
sa.wa.ya.ka.na.ko.u.ki.se.tsu.

さわやかな秋晴れの続く 舒適秋晴的季節
あきば つづ
sa.wa.ya.ka.na.a.ki.ba.re.no.tsu.zu.ku.

秋涼爽快のみぎり
shu.u.ryo.u.so.u.ka.i.no.mi.gi.ri. 　　舒適秋晴的季節

秋気肌にしみ
shu.u.ki.ha.da.ni.shi.mi. 　　舒適秋晴的季節

秋涼爽快の候
shu.u.ryo.u.so.u.ka.i.no.ko.u. 　　舒適秋晴的季節

暮秋の候
bo.shu.u.no.ko.u. 　　晚秋

秋気いよいよ深く
shu.u.ki.i.yo.i.yo.fu.ka.ku. 　　晚秋

秋も一段と深まり
a.ki.mo.i.chi.da.n.to.fu.ka.ma.ri. 　　晚秋的問候

寒気いよいよ厳しく
sa.mu.ke.i.yo.i.yo.ki.bi.shi.ku. 　　天氣漸漸寒冷

めっきり寒くなり
me.kki.ri.sa.mu.ku.na.ri. 　　明顯轉涼了

あわただしい師走となり
a.wa.ta.da.shi.i.shi.wa.su.to.na.ri. 　　突然進入十二月

師走に入って一段と寒く
shi.wa.su.ni.ha.i.tte.i.chi.da.n.to.sa.mu.ku. 　　進入十二月後更加寒冷

年の瀬もいよいよ押し詰まり
to.shi.no.se.mo.i.yo.i.yo.o.shi.tsu.ma.ri. 　　一年又近尾聲

歳末何かとご多端の折柄
sa.i.ma.tsu.na.ni.ka.to.go.ta.ta.n.no.o.ri.ga.ra. 　　歲末忙碌的時節

木枯らし吹きすさぶころ　　吹著冬季嚴寒季風的時節

ko.ga.ra.shi.fu.ki.su.sa.bu.ko.ro.

- -

今年もいよいよおしつまり　一年又近尾聲

ko.to.shi.mo.i.yo.i.yo.o.shi.tsu.ma.ri.

- -

年末御多忙の折から　　　歳末忙碌的時節

ne.n.ma.tsu.go.ta.bo.u.no.o.ri.ka.ra.

- -

● 書信常用詞彙

住所
じゅうしょ
ju.u.sho.
地址

差出人
さしだしにん
sa.shi.da.shi.ni.n.
寄件人

発信人
はっしんにん
ha.sshi.n.ni.n.
寄件人

送信者
そうしんしゃ
so.u.shi.n.sha.
寄件人

宛先
あてさき
a.te.sa.ki.
收件人

レターヘッド
re.ta.a.he.ddo.
印有公司名稱的信箋

載る
の
no.ru.
印／寫

小包
こづつみ
ko.zu.tsu.mi.
包裹

文通
ぶんつう
bu.n.tsu.u.
信件／通信

ビジネスメール
bi.ji.ne.su.me.e.ru.
商業書信

個人的なメール
こじんてき
ko.ji.n.te.ki.na.me.e.ru.
私人信函

メールボックス
me.e.ru.bo.kku.su.
郵筒

受信箱 じゅしんばこ ju.shi.n.ba.ko.	電子郵件收信匣
重量を超える じゅうりょう こ ju.u.ryo.u.o.ko.e.ru.	超重
不足分着払 ふそくぶんちゃくばらい fu.so.ku.bu.n.cha.ku.ba.ra.i.	超重郵資
郵便番号 ゆうびんばんごう yu.u.bi.n.ba.n.go.u.	郵地區號
はがき ha.ga.ki.	明信片
ポストカード po.su.to.ka.a.do.	明信片
航空郵便 こうくうゆうびん ko.u.ku.u.yu.u.bi.n.	航空郵件
国際郵便 こくさいゆうびん ko.ku.sa.i.yu.u.bi.n.	國際郵件
国際スピード郵便 こくさい ゆうびん ko.ku.sa.i.su.pi.i.do.yu.u.bi.n.	航空速遞
書留 かきとめ ka.ki.to.me.	掛號郵件
速達 そくたつ so.ku.ta.tsu.	限時郵件
配達 はいたつ ha.i.ta.tsu.	宅配
着払 ちゃくばらい cha.ku.ba.ra.i.	貨到付款

だいきんひきかえ
代金引換
da.i.ki.n.hi.ki.ka.e.
貨到付款（通常用於網路、電視購物時）

りょうきんうけとりにんばらい
料金受取人払
ryo.u.ki.n.u.ke.to.ri.ni.n.ba.ra.i.
寄件人付回郵郵資

ふつうゆうびん
普通郵便
fu.tsu.u.yu.u.bi.n.
普通郵件

のり
no.ri.
膠水

きって
切手
ki.tte.
郵票

いんさつぶつ
印刷物
i.n.sa.tsu.bu.tsu.
印刷品

はいそう
配送
ha.i.so.u.
投遞

ゆうびんはいたついん
郵便配達員
yu.u.bi.n.ha.i.ta.tsu.i.n.
郵差

けいゆ
経由
ke.i.yu.
經由

きみつせい
機密性
ki.mi.tsu.se.i.
機密的

さしだしにんじゅうしょ
差出人住所
sa.shi.da.shi.ni.n.ju.u.sho.
寄件人地址

でんぽう
電報
de.n.bo.u.
電報

● 電話溝通

切る
ki.ru.

切斷(電話)

接続
se.tsu.zo.ku.

接通(電話)

かける
ka.ke.ru.

撥電話

受信できない
ju.shi.n.de.ki.na.i.

訊號不清

圏外
ke.i.ga.i.

受不到訊號

話し中
ha.na.shi.chu.u.

占線

繋がる
tsu.na.ga.ru.

接通

メッセージ
me.sse.e.ji.

留言

伝言
de.n.go.n.

留言／傳話

掛け直す
ka.ke.na.o.su.

再致電

折り返し
o.ri.ka.e.shi.

不久後

間違い電話
ma.chi.ga.i.de.n.wa.

撥錯號

発信者 は.っ.し.ん.しゃ ha.sshi.n.sha.	發話方	
ナンバーディスプレー na.n.ba.a.di.su.pu.re.e.	來電顯示	
スピーカーフォン su.pi.i.ka.a.fo.n.	免持聽筒	
国内電話 こ.く.な.い.で.ん.わ ko.ku.na.i.de.n.wa.	國內電話	
国際電話 こ.く.さ.い.で.ん.わ ko.ku.sa.i.de.n.wa.	國際電話	
国コード こ.く ko.ku.ko.o.do.	國家代碼	
市外局番 し.が.い.きょ.く.ば.ん shi.ga.i.kyo.ku.ba.n.	區號	
内線 な.い.せ.ん na.i.se.n.	分機	
市内通話 し.な.い.つう.わ shi.na.i.tsu.u.wa.	市話	
市外電話 し.が.い.で.ん.わ shi.ga.i.de.n.wa.	長途電話	
緊急コール き.ん.きゅう ki.n.kyu.u.ko.o.ru.	緊急電話	
無料通話 む.りょう.つう.わ mu.ryo.u.tsu.u.wa.	免費電話	
交換台 こう.か.ん.だい ko.u.ka.n.da.i.	總機	

<ruby>電話交換手<rt>でんわこうかんしゅ</rt></ruby> de.n.wa.ko.u.ka.n.shu.	接線生
<ruby>番号案内<rt>ばんごうあんない</rt></ruby> ba.n.go.u.a.n.na.i.	查號臺
<ruby>携帯電話<rt>けいたいでんわ</rt></ruby> ke.i.ta.i.de.n.wa.	行動電話
インターホン i.n.ta.a.ho.n.	對講裝置
<ruby>公衆電話<rt>こうしゅうでんわ</rt></ruby> ko.u.shu.u.de.n.wa.	公用電話
<ruby>公衆電話ボックス<rt>こうしゅうでんわ</rt></ruby> ko.u.shu.u.de.n.wa.bo.kku.su.	電話亭
<ruby>電話ボックス<rt>でんわ</rt></ruby> de.n.wa.bo.kku.su.	電話亭
<ruby>電話帳<rt>でんわちょう</rt></ruby> de.n.wa.cho.u.	電話薄
<ruby>無線呼出サービス<rt>むせんよびだし</rt></ruby> mu.se.n.yo.bi.da.shi.sa.a.bi.su.	無線傳呼服務

● 電話常用短句

はい ha.i.	好的
…でございます de.go.za.i.ma.su.	這裡是…
少々お待ちください sho.u.sho.u.o.ma.chi.ku.da.sa.i.	稍等
…と申します to.mo.u.shi.ma.su.	我叫…
お世話になっております。 o.se.wa.ni.na.tte.o.ri.ma.su.	受您照顧了
こちらこそ。 ko.chi.ra.ko.so.	彼此彼此
恐れ入りますが。 o.so.re.i.ri.ma.su.ga.	不好意思
…さんをお願いします。 sa.n.o.o.ne.ga.i.shi.ma.su.	請問…在嗎？

お休み中に申し訳ございません。
不好意思，他正在休息。
o.ya.su.mi.chu.u.ni.mo.u.shi.wa.ke.go.za.i.ma.se.n.

どちら様でいらっしゃいますか。
請問是哪位？
do.chi.ra.sa.ma.de.i.ra.ssha.i.ma.su.ka.

どのようなご用件でしょうか。
請問有什麼事？
do.no.yo.u.na.go.yo.u.ke.n.de.sho.u.ka.

…の件でお電話が入っております。

因為…而致電。

no.ke.n.de.o.de.n.wa.ga.ha.i.tte.o.ri.ma.su.

お電話代わりました。

電話換人接聽了。

o.de.n.wa.ka.wa.ri.ma.shi.ta.

席をはずしておりますが。

現在正離開座位。

se.ki.o.ha.zu.shi.te.o.ri.ma.su.ga.

後ほど改めてお電話いたします。

之後會再致電。

no.chi.ho.do.a.ra.ta.me.te.o.de.n.wa.i.ta.shi.ma.su.

よろしくお願いします。

麻煩你了。

yo.ro.shi.ku.o.ne.ga.i.shi.ma.su.

そのようにお伝えください。

請如此轉告他。

so.no.yo.u.ni.o.tsu.ta.e.ku.da.sa.i.

外出しております。

現在外出中。

ga.i.shu.tsu.shi.te.o.ri.ma.su.

伝言をお願いできますか。

請問可以留言嗎？

de.n.go.n.o.o.ne.ga.i.de.ki.ma.su.ka.

かしこまりました。

好的。／遵命。

ka.shi.ko.ma.ri.ma.shi.ta.

そのようにお伝えいたします。

我會這樣轉告他。

so.no.yo.u.ni.o.tsu.ta.e.i.ta.shi.ma.su.

お声が遠いようです。

聲音聽不清楚。

o.ko.e.ga.to.o.i.yo.u.de.su.

■ 會議日語

● 會議開始

ミーティング mi.i.ti.n.gu.	會議
プレゼンテーション pu.re.ze.n.te.e.sho.n.	表演／介紹
日程 ni.tte.i.	議程／日程
順番 ju.n.ba.n.	程序／手續／步驟
議題 gi.da.i.	主題
目的 mo.ku.te.ki.	目的
目標 mo.ku.hyo.u.	目標
トピック to.pi.kku.	議題／討論的主題
提案 te.i.a.n.	提議
議論 gi.ro.n.	討論
議決 gi.ke.tsu.	決論

● 會議記錄

議事録
gi.ji.ro.ku.
會議記錄

書記
sho.ki.
記錄

任務
ni.n.mu.
任務／職責

計画
ke.i.ka.ku.
行動計畫

会議の名称
ka.i.gi.no.me.i.sho.u.
會議名

開始日時
ka.i.shi.ni.chi.ji.
開始日期時間

終了日時
shu.u.ryo.u.ni.chi.ji.
結束日期時間

開催場所
ka.i.sa.i.ba.sho.
舉行地點

参加者
sa.n.ka.sha.
參加人員

項目
ko.u.mo.ku.
項目

各自の宿題
ka.ku.ji.no.shu.ku.da.i.
每個人分配到的任務

主旨
shu.shi.
主指

しんちょく かくにん
進捗の確認   進度確認
shi.n.cho.ku.no.ka.ku.ni.n.

た
その他   其他
so.no.ta.

けっていじこう
決定事項   議決事項
ke.tte.i.i.ji.ko.u.

ほりゅうじこう
保留事項   下次討論事項
ho.ryu.u.ji.ko.u.

● 會議中的爭執

こうろん
口論   爭論／爭執
ko.u.ro.n.

も
揉め   爭論／爭執
mo.me.

う い
受け入れる   接受
u.ke.i.re.ru.

なや
悩んでる   對…感到苦惱
na.ya.n.de.ru.

こんなん
困難である   難以…
ko.n.na.n.de.a.ru.

できない   無法／不可能
de.ki.na.i.

じょうけん
条件   條件
jo.u.ke.n.

● 會議常見用語

意見 i.ke.n.	意見
…に関わる ni.ka.ka.wa.ru.	關於…
そうですね so.u.de.su.ne.	我贊成
基本的 ki.ho.n.te.ki.	基本上
賛成 sa.n.se.i.	贊成
反対 ha.n.ta.i.	反對
なるほど na.ru.ho.do.	原來如此
理由 ri.yu.u.	理由
原案 ge.n.a.n.	原提案
ただし ta.da.shi.	但是
賛成しかねます sa.n.se.i.shi.ka.ne.ma.su.	難以苟同
別角度 be.tsu.ka.ku.do.	其他的觀點

尋ねる ta.zu.ne.ru.	詢問
観点 ka.n.te.n.	觀點
具体的 gu.ta.i.te.ki.	具體的
説明 se.tsu.me.i.	説明
詳しい ku.wa.shi.i.	詳細
もう一度 mo.u.i.chi.do.	再次
意思統一 i.shi.to.u.i.tsu.	統一意見
図る ha.ka.ru.	意圖／期望
趣旨 shu.shi.	主旨
まとめ ma.to.me.	總結
意見交換 i.ke.n.ko.u.ka.n.	交換意見
立場 ta.chi.ba.	立場
とりあえず to.ri.a.e.zu.	總之先…

<ruby>伺<rt>うかが</rt></ruby>う u.ka.ga.u.	詢問／拜訪
<ruby>中身<rt>なかみ</rt></ruby> na.ka.mi.	內容
アイデア a.i.de.a.	想法／創意
お<ruby>願<rt>ねが</rt></ruby>いします o.ne.ga.i.shi.ma.su.	拜託
<ruby>話<rt>はな</rt></ruby>し<ruby>合<rt>あ</rt></ruby>う ha.na.shi.a.u.	討論
<ruby>合意事項<rt>ごう い じ こう</rt></ruby> go.u.i.ji.ko.u.	決議事項
げんあん<ruby>事項<rt>じ こう</rt></ruby> ge.n.a.n.ji.ko.u.	尚未決議事項
<ruby>確認<rt>かくにん</rt></ruby> ka.ku.ni.n.	確認
<ruby>閉会<rt>へいかい</rt></ruby> he.i.ka.i.	散會
<ruby>会合<rt>かいごう</rt></ruby> ka.i.go.u.	會議
<ruby>結論<rt>けつろん</rt></ruby >を<ruby>出<rt>だ</rt></ruby>す ka.tsu.ro.n.o.da.su.	做出結論

● 請求發言

| 発言
ha.tsu.ge.n. | 發言 |

質問
shi.tsu.mo.n.

問題

申し上げる
mo.u.shi.a.ge.ru.

説出／報告

同じ意見
o.na.ji.i.ke.n.

相同意見

…と思います
to.o.mo.i.ma.su.

我覺得…

いかがものでしょうか。 如何呢？
i.ka.ga.mo.no.de.sho.u.ka.

発言してもよろしいでしょうか。
我可以發言嗎
ha.tsu.ge.n.shi.te.mo.yo.ro.shi.i.de.sho.u.ka.

一言申し上げたい事があります。
我想説一件事
hi.to.ko.to.mo.u.shi.a.ge.ta.i.ko.to.ga.a.ri.ma.su.

■ 評論數據

● 形容數據合理

結構
けっこう
ke.kko.u.
可以接受

ふさわしい
fu.sa.wa.shi.i.
合適的

受け入れる
う　い
u.ke.i.re.ru.
接受

可能
かのう
ka.no.u.
可行的

実行可能
じっこうかのう
ji.kko.u.ka.no.u.
可行

現実的
げんじつてき
ge.n.ji.tsu.te.ki.
合乎實際

合理的
ごうりてき
ko.u.ri.te.ki.
合理

適正
てきせい
te.ki.se.i.
適當

実行できる
じっこう
ji.kko.u.de.ki.ru.
行得通的

いける
i.ke.ru.
行得通的

競争力がある
きょうそうりょく
kyo.u.so.u.ryo.ku.ga.a.ru.
有競爭力

● 形容數據不合理

認められない mi.to.me.ra.re.na.i.	不可接受
実行不可能 ji.kko.u.fu.ka.no.u.	不可行的
非現実的 hi.ge.n.ji.tsu.te.ki.	不實際
不合理 fu.go.u.ri.	不合理
理不尽 ri.fu.ji.n.	不合理
並み外れ na.mi.ha.zu.re.	不合理
滅茶苦茶 me.cha.ku.cha.	不合理
乱暴 ra.n.bo.u.	不合理
実行不可能 ji.kko.u.fu.ka.no.u.	行不通的／不可行
魅力的でない mi.ryo.ku.te.ki.de.na.i.	無吸引力
競争力がない kyo.u.so.u.ryo.ku.ga.na.i.	無競爭力

● 下降的數據

弱める
yo.wa.me.ru.
疲軟／削弱

低下
te.i.ka.
疲軟／削弱

弱り衰える
yo.wa.ri.o.to.ro.e.ru.
減弱／減少

下落
ge.ra.ku.
下跌

減少
ge.n.sho.u.
減少

下がる
sa.ga.ru.
(價格的)下跌

急落
kyu.u.ra.ku.
筆直落下

価格急降下
ka.ka.ku.kyu.u.ko.u.ka.
價格暴跌

減少
ge.n.sho.u.
減少

値下げ
ne.sa.ge.
減價

引き下げる
hi.ki.sa.ge.ru.
減少

切り下げる
ki.ri.sa.ge.ru.
減少

下降 ka.ko.u.	下降
下向き shi.ta.mu.ki.	向下發展
じり安 ji.ri.ya.su.	逐漸下降
漸落 ze.n.ra.ku.	逐漸下降
がた落ち ga.ta.o.chi.	急落
暴落 bo.u.ra.ku.	急落
崩落 ho.u.ra.ku.	急落
惨落 sa.n.ra.ku.	急落
続落 zo.ku.ra.ku.	持續下降
反落 ha.n.ra.ku.	回檔
底入れ so.ko.i.re.	探底
そこを割る so.ko.o.wa.ru.	谷底／跌破底線
減価 ge.n.ka.	降價

● 走勢平穩的數據

横ばい
yo.ko.ba.i.　　　　　　　(數字)驅平

変わらない
ka.wa.ra.na.i.　　　　　　穩固的／平穩的

安定
a.n.te.i.　　　　　　　　安定

安定している
a.n.te.i.shi.te.i.ru.　　　平穩維持著

変動
he.n.do.u.　　　　　　　波動

とどまる
to.do.ma.ru.　　　　　　維持

持ち合い
mo.chi.a.i.　　　　　　　維持在

● 上升或逆轉的數據

値上げ
ne.a.ge.
漲價

あがる
a.ga.ru.
上漲

引き上げる
hi.ki.a.ge.ru.
上漲

吊り上げる
tsu.ri.a.ge.ru.
上漲

せり上げる
se.ri.a.ge.ru.
競升

上昇
jo.u.sho.u.
上漲

騰貴
to.u.ki.
高漲

先高
sa.ki.da.ka.
看漲

上向き
u.wa.mu.ki.
看漲

じり高
ji.ri.da.ka.
逐漸升高

漸騰
ze.n.to.u.
逐漸升高

跳ね上がる
ha.ne.a.ga.ru.
暴漲

うなぎのぼり u.na.gi.no.bo.ri.	暴漲
<ruby>急騰<rt>きゅうとう</rt></ruby> kyu.u.to.u.	暴漲
<ruby>暴騰<rt>ぼうとう</rt></ruby> bo.u.to.u.	暴漲
<ruby>高騰<rt>こうとう</rt></ruby> ko.u.to.u.	高漲
<ruby>奔騰<rt>ほんとう</rt></ruby> ho.n.to.u.	暴漲
<ruby>続騰<rt>ぞくとう</rt></ruby> zo.ku.to.u.	持續上張
<ruby>反騰<rt>はんとう</rt></ruby> ha.n.to.u.	反彈上揚

第二章

國際金融

銀行財會
股市經濟
世界金融
國家及首都
時事新聞

■ 銀行財會

● 銀行常用字彙

銀行
gi.n.ko.u.　　　　　銀行

バンク
ba.n.ku.　　　　　銀行

出納係
su.i.to.u.ga.ka.ri,　　　銀行出納

出納窓口
su.i.to.u.ma.do.gu.chi.　　出納櫃檯

口座を開く
ko.u.za.o.hi.ra.ku.　　　開戶

口座
ko.u.za.　　　　　帳戶

預金通帳
yo.ki.n.tsu.u.cho.u.　　　存摺

通帳
tsu.u.cho.u.　　　　存摺

預金
yo.ki.n.　　　　　存款

預金する
yo.ki.n.su.ru.　　　　存款

引き出す
hi.ki.da.su.　　　　提款

当座預金
to.u.za.yo.ki.n.

活存

貯蓄預金
cho.chi.ku.yo.ki.n.

儲蓄存款

定期預金
te.i.ki.yo.ki.n.

定存

● 貸款

ローン ro.o.n.	貸款
分割払い bu.n.ka.tsu.ba.ra.i.	分期付款
分割払いで支払う bu.n.ka.tsu.ba.ra.i.de.shi.ha.ra.u.	分期付款
お支払コース o.shi.ha.ra.i.ko.o.su.	付款方式
毎月のお支払い ma.i.tsu.ki.no.o.shi.ha.ra.i.	按月付款
住宅ローン ju.u.ta.ku.ro.o.n.	房屋貸款
審査 shi.n.sa.	審核貸款
融資承認 yu.u.shi.sho.u.ni.n.	批准貸款
浮動資金融資 fu.do.u.shi.ki.n.yu.u.shi.	流動資金貸款
商業貸付 sho.u.gyo.u.ka.shi.tsu.ke.	經常性貸款
内部監査 na.i.bu.ka.n.sa.	內部審核

2 國際金融

● 支票

小切手
ko.gi.tte.
支票

小切手を換金する
ko.gi.tte.o.ka.n.ki.n.su.ru.
兌現支票

換金する
ka.n.ki.n.su.ru.
兌現

約束手形
ya.ku.so.ku.te.ga.ta.
本票

不渡り
fu.wa.ta.ri.
空頭支票

裏書き
u.ra.ga.ki.
背書

裏書禁止
u.ra.ga.ki.ki.n.shi.
禁止背書

● 匯款

送金
so.u.ki.n.
匯款

振込み
fu.ri.ko.mi.
轉帳

商業手形
sho.u.gyo.u.te.ga.ta.
商業匯票

銀行手形
gi.n.ko.u.te.ga.ta.
銀行匯票

● 支付

不渡
fu.wa.ta.ri.　　　拒付

お支払い
o.shi.ha.ra.i.　　　支付

返済
he.n.sa.i.　　　償還

延べ払い
no.be.ba.ra.i.　　　延期付款

● 利息

利子
ri.shi.
銀行利息

金利
ki.n.ri.
利率

利率
ri.ri.tsu.
利率

為替レート
ka.wa.se.re.e.to.
匯率

現金
ge.n.ki.n.
現金

平価切下げ
he.i.ka.ki.ri.sa.ge.
貨幣貶值

切り上げ
ki.ri.a.ge.
貨幣增值

外国為替の変動
ga.i.ko.ku.ka.wa.se.no.he.n.do.u.
外匯波動

外国為替危機
ga.i.ko.ku.ka.wa.se.ki.ki.
外匯危機

通貨危機
tsu.u.ka.ki.ki.
貨幣危機

ディスカウント
di.su.ka.u.n.to.
貼現

割引率
ka.wa.bi.ki.ri.tsu.
貼現率

ディスカウントレート　貼現率
di.su.ka.u.n.to.re.e.to.

- -

<ruby>金融市場<rt>きんゆうしじょう</rt></ruby>
金融市場　金融市場
ki.n.yu.u.shi.jo.u.

- -

<ruby>国際収支<rt>こくさいしゅうし</rt></ruby>
国際収支　國際收支
ko.ku.sa.i.shu.u.shi.

- -

<ruby>金融緩和<rt>きんゆうかんわ</rt></ruby>
金融緩和　降息
ki.n.yu.u.ka.n.wa.

- -

<ruby>金融逼迫<rt>きんゆうひっぱく</rt></ruby>
金融逼迫　升息
ki.n.yu.u.hi.ppa.ku.

- -

2

國際金融

● 會計名詞

会計
ka.i.ke.i.
會計

企業会計
ki.gyo.u.ka.i.ke.i.
企業會計

一年基準
i.chi.ne.n.ki.ju.n.
一年基準

売上総利益
u.ri.a.ge.so.u.ri.e.ki.
總營收

営業外収益
e.i.gyo.u.ga.i.shu.u.e.ki.
非營業收入

会計学
ka.i.ke.i.ga.ku.
會計學

会計ソフトウェア
ka.i.ke.i.so.fu.to.we.a.
會計軟體

会計大学院
ka.i.ke.i.da.i.ga.ku.i.n.
會計研究所

会計ファイナンス学部
ka.i.ke.i.fa.i.na.n.su.ga.ku.bu.
財務會計系

貸方
ka.shi.ka.ta.
債權人

貸倒引当金
ka.shi.da.o.re.hi.ki.a.te.ki.n.
備抵呆帳

合併会計
ga.ppe.i.ka.i.ke.i.
合併會計

貨幣動態論 ka.he.i.do.u.ta.i.ro.n.　　貨幣動態論

借方 ka.ri.ka.ta.　　借方／承租人

環境会計 ka.n.kyo.u.ka.i.ke.i.　　環境會計

勘定口座 ka.n.jo.u.ko.u.za.　　帳戶

キャッシュフロー kya.sshu.fu.ro.o.　　現金流量

キャッシュフロー評価 kya.sshu.fu.ro.o.hyo.u.ka.　　現金流量評等

銀行簿記 gi.n.ko.u.bo.ki.　　銀行簿記

金融資産 ki.n.yu.u.shi.sa.n.　　金融資產

経過勘定 ke.i.ka.ka.n.jo.u.　　遞延和應計帳戶

現金主義 ge.n.ki.n.shu.gi.　　收付實現制

建設業会計 ke.n.se.tsu.gyo.u.ka.i.ke.i.　　建築業會計

硬貨計算機 ko.u.ka.ke.i.sa.n.ki.　　數硬幣機

固定資産 ko.te.i.shi.sa.n.　　固定資產

2 國際金融

在庫
za.i.ko.

庫存

財務
za.i.mu.

財務

債務超過
sa.i.mu.cho.u.ka.

負債大於資產

試算表
shi.sa.n.hyo.u.

試算表

実現主義
ji.tsu.ge.n.shu.gi.

收付實現
（現收現付）制

支店独立会計制度
shi.te.n.do.ku.ri.tsu.ka.i.ke.i.se.i.do.

分店獨立會計

紙幣計算機
shi.he.i.ke.i.sa.n.ki.

數鈔機

資本
shi.ho.n.

資本

資本金
shi.ho.n.ki.n.

資本額

資本減少
shi.ho.n.ge.n.sho.u.

資本減少

取得原価主義
shu.to.ku.ge.n.ka.shu.gi.

歷史成本法

修繕積立金

共同費用（社區公司等
為臨時修繕所存的費
用）

shu.u.ze.n.tsu.mi.ta.te.ki.n.

受注処理 ju.chu.u.sho.ri.	接受訂單
出金伝票 shu.kki.n.de.n.pyo.u.	付款單
純資産 ju.n.shi.sa.n.	淨資產
準備金 shu.n.bi.ki.n.	預備金
剰余金 jo.u.yo.ki.n.	餘額
仕訳 shi.wa.ke.	分科目
単式簿記 ta.n.shi.ki.bo.ki.	單式簿記
複式簿記 fu.ku.shi.ki.bo.ki.	複式簿記
ストックオプション su.to.kku.o.pu.sho.n.	員工認股權
請求書 se.i.kyu.u.sho.	請款書
精算表 se.i.sa.n.hyo.u.	細算表
耐用年数 ta.i.yo.u.ne.n.su.u.	可用年限
棚卸資産 ta.na.o.ro.shi.shi.sa.n.	存貨

153

伝票
でんぴょう
de.n.pyo.u.
記帳單／傳票

取引
とりひき
to.ri.hi.ki.
交易

入金伝票
にゅうきんでんぴょう
nyu.u.ki.n.de.n.pyo.u.
收款單

認識基準
にんしききじゅん
ni.n.shi.ki.ki.ju.n.
認定標準

ネットワーク資産管理
しさんかんり
ne.tto.wa.a.ku.shi.sa.n.ka.n.ri.
網路資產管理

納品
のうひん
no.u.hi.n.
進貨

発生主義
はっせいしゅぎ
ha.sse.i.shu.gi.
應計制／應收應付制

半製品
はんせいひん
ha.n.se.i.hi.n.
半成品

引当金
ひきあてきん
hi.ki.a.te.ki.n.
津貼

振替伝票
ふりかえでんぴょう
fu.ri.ka.e.de.n.pyo.u.
轉帳傳票

利益
りえき
ri.e.ki.
營利

領収書
りょうしゅうしょ
ryo.u.shu.u.sho.
收據

● 保険

生命保険
せいめいほけん
se.i.me.i.ho.ke.n.　　　壽險

火災保険
かさいほけん
ka.sa.i.ho.ke.n.　　　火災險

自動車保険
じどうしゃほけん
ji.do.u.sha.ho.ke.n.　　　車險

傷害保険
しょうがいほけん
sho.u.ga.i.ho.ke.n.　　　意外險

■ 股市經濟

● 經濟詞彙

インフレ i.n.fu.re.	通貨膨脹
インフレーション i.n.fu.re.e.sho.n.	通貨膨脹
デフレ de.fu.re.	通貨緊縮
デフレーション de.fu.re.e.sho.n.	通貨緊縮
けいきじゅんかん 景気循環 ke.i.ki.ju.n.ka.n.	經濟周期
こうきょう 好況 ko.u.kyo.u.	經濟繁榮
けいきこうたい 景気後退 ke.i.ki.ko.u.ta.i.	經濟衰退
けいざいふきょう 経済不況 ke.i.za.i.fu.kyo.u.	經濟蕭條
けいざいいきき 経済危機 ke.i.za.i.ki.ki.	經濟危機
けいきかいふく 景気回復 ke.i.ki.ka.i.fu.ku.	經濟復蘇
けいざいかいふく 経済回復 ke.i.za.i.ka.i.fu.ku.	經濟復蘇

バブル経済 ba.bu.ru.ke.i.za.i.	泡沫經濟
バブル ba.bu.ru.	泡沫經濟
経済過熱 ke.i.za.i.ka.ne.tsu.	經濟過熱
マクロ経済 ma.ku.ro.ke.i.za.i.	宏觀經濟
黒字 ku.ro.ji.	順差
赤字 a.ka.ji.	逆差
不況 fu.kyo.u.	不景氣
下降 ka.ko.u.	衰退
成長率 se.i.sho.u.ri.tsu.	成長率
平均成長率 he.i.ki.n.se.i.cho.u.ri.tsu.	平均成長率
投資収益率 to.u.shi.shu.u.e.ki.ri.tsu.	投資報酬率
貿易総額 bo.u.e.ki.so.u.ga.ku.	外貿進出口總額
輸出総額 yu.shu.tsu.so.u.ga.ku.	輸出總額

2
國際金融

輸入総額 　　　　　輸入總額
yu.nyu.u.so.u.ga.ku.

経済的パフォーマンスを向上させる
　　　　　　　　提高經濟效益
ke.i.za.i.te.ki.pa.fo.o.ma.n.su.o.ko.u.jo.u.sa.se.ru.

リスク評価 　　　　　風險評等
ri.su.ku.hyo.u.ka.

民間企業 　　　　　民間機構
mi.n.ka.n.ki.gyo.u.

支持政策 　　　　　配套政策
shi.ji.se.i.sa.ku.

技術集約型 　　　　　技術密集
gi.ju.tsu.shu.u.ya.ku.ga.ta.

労働集約型 　　　　　勞動密集
ro.u.do.u.shu.u.ya.ku.ga.ta.

大量生産 　　　　　大規模生産
ta.i.ryo.u.se.i.sa.n.

時価総額 　　　　　市場資本總額
ji.ka.so.u.ga.ku.

リスク管理 　　　　　風險管理
ri.so.ku.ka.n.ri.

ミューチュアルファンド 共同基金
my.u.chu.a.ru.fa.n.do.

● 股市債券

公共債
こうきょうさい
ko.u.kyo.u.sa.i.
公債

株
かぶ
ka.bu.
股票

債券
さいけん
sa.i.ke.n.
債券

社債
しゃさい
sha.sa.i.
債券

証券取引所
しょうけんとりひきしょ
sho.u.ke.n.to.ri.hi.ki.sho.
股票交易所

株式の割り当て
かぶしき わ あ
ka.bu.shi.ki.no.wa.ri.a.te.
配股

メインボード
me.i.n.bo.o.do.
主板市場

株式市場
かぶしきしじょう
ka.bu.shi.ki.shi.jo.u.
股票市場

上場
じょうじょう
jo.u.jo.u.
股票上市

株価指数
かぶかしすう
ka.bu.ka.shi.su.u.
股價指數

新規公開
しんきこうかい
shi.n.ki.ko.u.ka.i.
首次上市

2
國際金融

159

● 亞洲貨幣

台湾ドル
ta.i.wa.n.do.ru.
台幣

日本円
ni.ho.n.e.n.
日元

タイバーツ
ta.i.ba.a.tsu.
泰國銖

マレーシアリンギ
ma.re.e.shi.a.ri.n.gi.
馬來西亞林吉特

中国元
chu.u.go.ku.ge.n.
人民幣

香港ドル
ho.n.ko.n.do.ru.
港幣

フィリピンペソ
fi.ri.pi.n.pe.so.
菲律賓比索

シンガポールドル
shi.n.ga.po.o.ru.do.ru.
新加坡元

インドルピー
i.n.do.ru.pi.i.
印度盧比

韓国ウォン
ka.n.ko.ku.wo.n.
韓元

インドネシアルピア
i.n.do.ne.shi.a.ru.pi.a.
印尼盧比

サウジアラビアリヤル
sa.u.ji.a.ra.bi.a.ri.ya.ru.
沙烏地阿拉伯里亞爾

クウェートディナール　科威特第納爾
ku.we.e.to.di.na.a.ru.

● 非洲貨幣

南アフリカランド　　南非蘭德
mi.na.mi.a.fu.ri.ka.ra.n.do.

● 美洲貨幣

カナダドル　　　　加拿大元
ka.na.da.do.ru.

ドル　　　　　　　美元
do.ru.

メキシコペソ　　　墨西哥披索
me.ki.shi.ko.pe.so.

● 歐洲貨幣

ユーロ yu.u.ro.	歐元
仏 フラン ふらんす fu.ra.n.su.fu.ra.n.	法國法郎
ドイツマルク do.i.tsu.ma.ru.ku.	德國馬克
伊 リラ いたりあ i.ta.ri.a.ri.ra.	義大利里拉
オランダギルダー o..ra.n.da.gi.ru.da.a.	荷蘭基爾德
ベルギーフラン be.ru.gi.i.fu.ra.n.	比利時法郎
アイルランドポンド a.i.ru.ra.n.do.po.n.do.	愛爾蘭鎊
スペインペセタ su.pe.i.n.pe.se.ta.	西班牙比賽塔
フィンランドマルカ fi.n.ra.n.do.ma.ru.ka.	芬蘭馬克
オーストリアシリング o.o.su.to.ri.a.shi.ri.n.gu.	奧地利先令
デンマーククローネ de.n.ma.a.ku.ku.ro.o.ne.	丹麥克朗
スウェーデンクローネ su.we.e.de.n.ku.ro.o.ne.	瑞典克朗

ノルウェークローネ　　挪威克朗
no.ru.we.e.ku.ro.o.ne.

スイスフラン　　　　　瑞士法郎
su.i.su.fu.ra.n.

英 ポンド　　　　　　　英鎊
^{いぎりす}
i.gi.ri.su.po.n.do.

ポルトガルエスクード　葡萄牙埃斯庫多
po.ru.to.ga.ru.e.su.ku.u.do.

2 國際金融

● 澳洲貨幣

オーストラリアドル　　澳大利亞元
o.o.su.to.ra.ri.a.do.ru.

ニュージーランドドル　紐西蘭元
nyu.u.ji.i.ra.n.do.do.ru.

● 重要經濟指標

経済指標
けいざいしひょう
ke.i.za.i.shi.hyo.u.
經濟指標

為替レート
かわせ
ka.wa.se.re.e.to.
匯率

貸出金利
かしだしきんり
ka.shi.da.shi.ki.n.ri.
借款利率

経済成長率
けいざいせいちょうりつ
ke.i.za.i.se.i.cho.u.ri.tsu.
經濟成長率

失業率
しつぎょうりつ
shi.tsu.gyo.u.ri.tsu.
失業率

消費者物価指数
しょうひしゃぶっかしすう
sho.u.hi.sha.bu.kka.shi.su.u.
消費者物價指數

外貨準備高
がいかじゅんびだか
ga.i.ka.ju.n.bi.da.ka.
外匯存底

国内総生産
こくないそうせいさん
ko.ku.na.i.so.u.se.i.sa.n.
國內生產毛額

国民総生産
こくみんそうせいさん
ko.ku.mi.n.so.u.se.i.sa.n.
國民生產毛額

小売物価指数
こうりぶっかしすう
ko.u.ri.bu.kka.shi.su.u.
零售物價指數

● 歐洲股市指數

アルゼンチンメルバル指数
阿根廷股票指數
a.ru.ze.n.chi.n.me.ru.ba.ru.shi.su.u.

コペンハーゲン指数
丹麥哥本哈根證交所指數
ko.pe.n.ha.a.ge.n.shi.su.u.

ダックス指数
德國法蘭克福 DAX 指數
da.kku.su.shi.su.u.

ドイツ株価指数
德國法蘭克福 dax 指數
do.i.tsu.ka.bu.ka.shi.su.u.

ダウユーロ 50 種株価指数
道瓊歐盟 50 指數
da.u.yu.u.ro.go.jyu.u.shu.u.ka.bu.ka.shi.su.u.

ダウ欧州 50 種株価指数
道瓊歐盟 50 指數
da.u.o.u.shu.u.go.jyu.u.shu.u.ka.bu.ka.shi.su.u.

FTSE100 種総合株価指数
英國倫敦金融時報百種指數
f.t.s.e.hya.ku.shu.so.u.go.u.ka.bu.ka.shi.su.u.

フランス CAC40 種株価指数
法國巴黎證商公會 40 種指數
fu.ra.n.su.c.a.c.yo.n.ju.u.shu.ka.bu.ka.shi.su.u.

ベルギー BEL20 指数
比利時布魯塞爾 BEL20 指數
be.ru.gi.i.b.e.l.ni.ju.u.shi.su.u.

オーストリア ATX 指数
奥地利 ATX 指數
o.o.su.to.ri.a.a.t.x.shi.su.u.

ブラジルボベスパ指数
巴西聖保羅 BOVESPA 指數
bu.ra.ji.ru.bo.be.su.ba.shi.su.u.

AEX 指数
荷蘭阿姆斯特丹 AEX 指數
a.e.x.shi.su.u.

スペイン MA マドリード指数
西班牙馬德里證交所指數
su.pe.i.n.m.a.ma.do.ri.i.do.shi.su.u.

イタリア MIBTEL 指数
義大利米蘭 MIBTEL 指數
i.ta.ri.a.m.i.b.t.e.l.shi.su.u.

● 美洲股市指數

AMEX 総合指数
美國 AMEX 指數
a.me.kku.su.so.u.go.u.shi.su.u.

ニューヨークダウ工業株 30 種
美國紐約道瓊工業指數
nyu.u.yo.o.ku.da.u.ko.u.gyo.u.ka.bu.sa.n.ju.u.shu.

公共株 15 種
美國道瓊公用事業指數
ko.u.kyo.u.ka.bu.jyu.u.go.shu.

ナスダック 総合指数
納斯達克
na.su.da.kku.so.u.go.u.shi.su.u.

S&P トロント総合指数
加拿大多倫多 300 種綜合指數
s.an.do.p.to.ro.n.to.so.u.go.u.shi.su.u.

メキシコボルサ指数
墨西哥 IPC 股票指數
me.ki.shi.ko.bo.ru.sa.shi.su.u.

● 亞洲股市指數

ムンバイ SENSEX30 種
印度孟買 30 種指數
mu.n.ba.i.s.e.n.s.e.x.sa.n.jyu.u.shu.

香港ハンセン指数
香港恆生指數
ho.n.ko.n.ha.n.se.n.shi.su.u.

ジヤカルタ 総合指数
印尼雅加達證交所指數
ja.ka.ru.ta.so.u.go.u.shi.su.u.

韓国総合株価指数
韓國漢城綜合指數
ka.n.ko.ku.so.u.go.u.ka.bu.ka.shi.su.u.

FTSE ブルサマレーシア KLCI インデックス
馬來西亞吉隆坡證交所指數
f.t.s.e.bu.ru.sa.ma.re.e.shi.a.k.l.c.k.i.n.de.kku.su.

フイリピン 総合指数
菲律賓馬尼拉綜合指數
fi.ri.pi.n.so.u.go.u.shi.su.u.

上海シンセン CSI300 指数
滬深 300 指數
sha.n.ha.i.shi.n.se.n.c.s.sa.n.bbya.ku.shi.su.u.

日経平均株価
日經指數／日經 225 種股價指數
ni.kke.i.he.i.ki.n.ka.bu.ka.

日経ジャスダック平均株価
日本店頭指數
ni.kke.i.ja.su.da.kku.he.i.ki.n.ka.bu.ka.

■ 國家及首都

● 國家、首都

アフガニスタン、カブール
阿富汗、喀布爾
a.fu.ga.ni.su.ta.n./ka.bu.u.ru.

アルバニア、ティラナ
阿爾巴尼亞、地拉那
a.ru.ba.ni.a./ti.ra.na.

アルジェリア、アルジェ
阿爾及利亞、阿爾及爾
a.ru.je.ri.a./a.ru.je.

アメリカ合衆国、ワシントン D.C.
美國、華盛頓
a.me.ri.ka.ka.sshu.u.ko.ku./wa.shi.n.to.n.d.c.

アンゴラ、ルアンダ
安哥拉、魯安達
a.n.go.ra./ru.a.n.da.

アルゼンチン、ブエノスアイレス
阿根廷、布宜諾斯艾利斯
a.ru.ze.n.chi.n./bu.e.no.su.a.i.re.su.

アルメニア、エレバン
亞美尼亞、葉里温
a.ru.me.ri.a./e.re.ba.n.

オーストラリア、キャンベラ
澳大利亞、坎培拉
o.o.su.to.ra.ri.a./kya.n.be.ra.

2
國際金融

オーストリア、ウィーン
奧地利、維也納
o.o.su.to.ri.a./ui.i.n.

アゼルバイジャン、バクー
亞塞拜然、巴庫
a.ze.ru.ba.i.ja.n./ba.ku.u.

バハマ、ナッソー
巴哈馬、拿騷
ba.ha.na./na.sso.u.

ベラルーシ、ミンスク
白俄羅斯、明斯克
be.ra.ru.u.shi./mi.n.su.ku.

ベルギー、ブリュッセル
比利時、布魯塞爾
be.ru.gi.i./bu.ryu.sse.ru.

ベリーズ、ベルモパン
貝里斯、貝爾墨邦
be.ri.i.zu./be.ru.mo.pa.n.

ブータン、ティンプー
不丹、辛布
bu.u.ta.n./ti.n.pu.u.

ボリビア、ラパス
玻利維亞、拉巴斯
bo.ri.bi.a./ra.pa.su.

ブラジル、ブラジリア
巴西、巴西利亞
bu.ra.ji.ru./bu.ra.ji.ri.a.

ブルネイ、バンダルスリブガワン
汶萊、斯里貝加萬市
bu.ru.ne.i./ba.n.da.ru.su.ri.bu.ga.wa.n.

ブルガリア、ソフィア
保加利亞、索菲亞
bu.ru.ga.ri.a./so.fi.a.

カンボジア、プノンペン
柬埔寨、金邊
ka.n.bo.ji.a./pu.no.n.pe.n.

カナダ、オタワ
加拿大、渥太華
ka.na.da./o.ta.wa.

中央アフリカ共和国、バンギ
中非、班基
chu.u.o.u.a.fu.ri.ka.kyo.u.wa.ko.ku./ba.n.gi.

中国、北京
中華人民共和國、北京
chu.u.go.ku./pe.ki.n.

コロンビア、ボゴタ
哥倫比亞、波哥大
ko.ro.n.bi.a./bo.go.ta.

クロアチア、ザグレブ
克羅埃西亞、札格拉布
ku.ro.a.chi.a./za.gu.re.bu.

キューバ、ハバナ
古巴、哈瓦那
kyu.u.ba./ha.ba.na.

キプロス共和国、ニコシア
賽普勒斯、尼古西亞
ki.pu.ro.su.kyo.u.wa.ko.ku./ni.ko.shi.a.

チェコ共和国、プラハ
捷克、布拉格
che.ko.kyo.u.wa.ko.ku./pu.ra.ha.

デンマーク、コペンハーゲン
丹麥、哥本哈根
de.n.ma.a.ku./ko.pe.n.ha.a.ge.n.

ドミニカ国、ロゾー
多米尼克、羅梭
do.mi.ni.ka.ko.ku./ro.zo.o.

ドミニカ共和国、サントドミンゴ
多明尼加、聖多明哥
do.mi.ni.ka.kyo.u.wa.ko.ku./sa.n.to.do.mi.n.go.

エクアドル、キト
厄瓜多、基多
e.ku.a.do.ru./ki.to.

エジプト、カイロ
埃及、開羅
e.ji.pu.to./ka.i.ro.

エルサルバドル、サンサルバドル
薩爾瓦多、聖薩爾瓦多
e.ru.sa.ru.ba.do.ru./sa.n.sa.ru.ba.do.ru.

赤道ギニア、マラボ
赤道幾內亞、馬拉波
se.ki.do.u.gi.ni.a./ma.ra.bo.

エストニア、タリン
愛沙尼亞、塔林
e.su.to.ni.a./ta.ri.n.

フィジー、スバ
斐濟、蘇瓦
fi.ji.i./su.ba.

フィンランド、ヘルシンキ
芬蘭、赫爾辛基
fi.n.ra.n.do./he.ru.shi.n.ki.

フランス、パリ
法國、巴黎
fu.ra.n.su./pa.ri.

ガンビア、バンジュル
甘比亞、班竹市
ga.n.bi.a./ba.n.ju.ru.

グルジア、トビリシ
喬治亞、提比利西
gu.ru.ji.a./to.bi.ri.shi.

ドイツ、ベルリン
德國、柏林
do.i.tsu./be.ru.ri.n.

ギリシャ、アテネ
希臘、雅典
gi.ri.sha./a.te.ne.

グアテマラ、グアテマラ市
瓜地馬拉、瓜地馬拉市
gu.a.te.ma.ra./gu.a.te.ma.ra.shi.

バチカン市国、バチカン
梵蒂岡、梵蒂岡城
ba.chi.ka.n.shi.ko.ku./ba.chi.ka.n.

ホンジュラス、テグシガルパ
宏都拉斯、德古斯加巴
ho.n.ju.ra.su./te.gu.shi.ga.ru.pa.

ハンガリー、ブダペスト
匈牙利、布達佩斯
ha.n.ga.ri.i./bu.da.pe.su.to.

アイスランド、レイキャビク
冰島、雷克雅維克
a.i.su.ra.n.do./re.i.kya.bi.ku.

インド、ニューデリー
印度、新德里
i.n.do./nyu.u.de.ri.i.

インドネシア、ジャカルタ
印尼、雅加達
i.n.do.ne.shi.a./ja.ka.ru.ta.

イラン、テヘラン
伊朗、德黑蘭
i.ra.n./te.he.ra.n.

イラク、バグダッド
伊拉克、巴格達
i.ra.ku./ba.gu.da.ddo.

アイルランド、ダブリン
愛爾蘭、都柏林
a.i.ru.ra.n.do./da.bu.ri.n.

イスラエル、エルサレム
以色列、耶路撒冷
i.su.ra.e.ru./e.ru.sa.re.mu.

イタリア、ローマ
義大利、羅馬
i.ta.ri.a./ro.o.ma.

ジャマイカ、キングストン
牙買加、京斯敦
ja.ma.i.ka./ki.n.gu.su.to.n.

日本、東京
日本、東京
ni.ho.n./to.u.kyo.u.

ヨルダン、アンマン
約旦、安曼
yo.ru.da.n./a.n.ma.n.

カザフスタン、アスタナ
哈薩克、阿斯塔納
ka.za.fu.su.ta.n./a.su.ta.na.

ケニア、ナイロビ
肯亞、奈洛比
ke.ni.a./na.i.ro.bi.

北朝鮮、平壌
北韓、平壤
ki.ta.cho.u.se.n./pyo.n.ya.n.

韓国、ソウル
韓國、首爾
ka.n.ko.ku./so.u.ru.

クウェート、クウェート
科威特、科威特市
ku.we.e.to./ku.we.e.to.

- -

ラオス、ビエンチャン
寮國、永珍
ra.o.su./bi.e.n.cha.n.

- -

ラトビア、リガ
拉脱維亞、里加
ra.to.bi.a./ri.ga.

- -

レバノン、ベイルート
黎巴嫩、貝魯特
re.ba.no.n./be.i.ru.u.to.

- -

リベリア、モンロビア
賴比瑞亞、蒙羅維亞
ri.be.ri.a./mo.n.ro.bi.a.

- -

リビア、トリポリ
利比亞、的黎波里
ri.bi.a./to.ri.po.ri.

- -

リトアニア、ビリニュス
立陶宛、維爾紐斯
ri.to.a.ni.a./bi.ri.nyu.su.

- -

ルクセンブルク、ルクセンブルク市
盧森堡、盧森堡城
ru.ku.se.n.bu.ru.ku./ru.ku.se.n.bu.ru.ku.shi.

- -

マダガスカル、アンタナナリボ
馬達加斯加、安塔那那利佛
ma.da.ga.su.ka.ru./a.n.ta.na.na.ri.bo.

- -

マレーシア、クアラルンプール
馬來西亞、吉隆坡
ma.re.e.shi.a./ku.a.ra.ru.n.pu.u.ru.

モルディブ、マレ
馬爾地夫、馬列
mo.ru.di.bu./me.re.

マルタ、バレッタ
馬爾他、瓦勒他
ma.ru.ta./ba.re.tta.

モーリシャス、ポートルイス
模里西斯、路易士港
mo.o.ri.sha.su./po.o.to.ru.i.su.

メキシコ、メキシコシティ
墨西哥、墨西哥城
me.ki.shi.ko./me.ki.shi.ko.shi.ti.

マケドニア共和国、スコピエ
馬其頓、史可普列
me.ke.do.ni.a.kyo.u.wa.ko.ku./su.ko.pi.e.

マーシャル諸島、マジュロ
馬紹爾群島、馬久羅
ma.a.sha.ru.sho.to.u./ma.ju.ro.

モナコ、モナコ
摩納哥、摩納哥城
mo.na.ko./mo.na.ko.

モンゴル、ウランバートル
蒙古、烏蘭巴托
mo.n.go.ru./u.ra.n.ba.a.to.ru.

モロッコ、ラバト
摩洛哥、拉巴特
mo.ro.kko./ra.ba.to.

モザンビーク、マプト
莫三比克、馬布多
mo.za.n.bi.i.ku./ma.pu.to.

ミャンマー、ネーピードー
緬甸、內比都
mya.n.ma.a./ne.e.pi.i.do.o.

ネパール、カトマンズ
尼泊爾、加德滿都
ne.pa.a.ru./ka.to.ma.n.zu.

オランダ、アムステルダム
荷蘭、阿姆斯特丹
o.ra.n.da./a.mu.su.te.ru.da.mu.

ニュージーランド、ウェリントン
紐西蘭、威靈頓
nyu.u.ji.i.ra.n.do./we.ri.n.to.n.

ニカラグア、マナグア
尼加拉瓜、馬拿瓜
ni.ka.ra.gu.a./ma.na.gu.a.

ナイジェリア、アブジャ
奈及利亞、阿布札
na.i.je.ri.a./a.bu.ja.

ノルウェー、オスロ
挪威、奧斯陸
no.ru.we.e./o.su.ro.

オマーン、マスカット
阿曼、馬斯喀特
o.ma.a.n./ma.su.ka.tto.

パキスタン、イスラマバード
巴基斯坦、伊斯蘭瑪巴德
pa.ki.su.ta.n./i.su.ra.ma.ba.a.do.

パラオ、コロール
帛琉、科羅爾
pa.ra.o./ko.ro.o.ru.

パレスチナ、エルサレム
巴勒斯坦、耶路撒冷
pa.re.su.chi.na./e.ru.sa.re.mu.

パナマ、パナマシティ
巴拿馬、巴拿馬城
pa.na.ma./pa.na.ma.shi.ti.

パラグアイ、アスンシオン
巴拉圭、亞松森
pa.ra.gu.a.i./a.su.n.shi.o.n.

ペルー、リマ
秘魯、利馬
pe.ru.u./ri.ma.

フィリピン、マニラ
菲律賓、馬尼拉
fi.ri.pi.n./ma.ni.ra.

ポーランド、ワルシャワ
波蘭、華沙
po.o.ra.n.do./wa.ru.sha.wa.

ポルトガル、リスボン
葡萄牙、里斯本
po.ru.to.ga.ru./ri.su.bo.n.

プエルトリコ、サンフアン
波多黎各、聖胡安
pu.e.ru.to.ri.ko./sa.n.fu.a.n.

コンゴ共和国、ブラザビル
剛果共和國、布拉薩
ko.n.go.kyo.u.wa.ko.ku./bu.ra.za.bi.ri.

ルーマニア、ブカレスト
羅馬尼亞、布加勒斯特
ru.u.ma.ni.a./bu.ka.re.su.to.

ロシア、モスクワ
俄羅斯、莫斯科
ro.shi.a./mo.su.ku.wa.

サウジアラビア、リヤド
沙烏地阿拉伯、利雅德
sa.u.ji.a.ra.bi.a./ri.ya.do.

シンガポール、シンガポール市
新加坡、新加坡
shi.n.ga.po.o.ru./shi.n.ga.po.o.ru.shi.

スロバキア、ブラチスラバ
斯洛伐克、布拉提斯拉瓦
su.ro.ba.ki.a./bu.ra.chi.su.ra.ba.

南アフリカ共和国、プレトリア
南非、普利托里亞(行政)
mi.na.mi.a.fu.ri.ka.kyo.u.wa.ko.ku./pu.re.to.ri.a.

南アフリカ共和国、ケープタウン
南非、開普敦(立法)
mi.na.mi.a.fu.ri.ka.kyo.u.wa.ko.ku./ke.e.pu.ta.u.n.

南アフリカ共和国、ブルームフォンテーン
南非、布隆泉(司法)
mi.na.mi.a.fu.ri.ka.kyo.u.wa.ko.ku./bu.ru.u.mu.fo.
n.te.e.n.

スペイン、マドリッド
西班牙、馬德里
su.pe.i.n./ma.do.ri.ddo.

スリランカ、コッテ
斯里蘭卡、科特
su.ri.ra.n.ka./ko.tte.

スーダン、ハルツーム
蘇丹、喀土穆
su.u.da.n./ha.ru.tsu.u.mu.

スウェーデン、ストックホルム
瑞典、斯德哥爾摩
su.we.e.de.n./su.to.kku.ho.ru.mu.

スイス、ベルン
瑞士、伯恩
su.i.su./be.ru.n.

シリア、ダマスカス
敘利亞、大馬士革
shi.ri.a./da.ma.su.ka.su.

台湾、台北
臺灣、台北
ta.i.wa.n./ta.i.pe.i.

2
國際金融

タイ、バンコク
泰國、曼谷
ta.i./ba.n.ko.ku.

トリニダードトバゴ、ポートオブスペイン
千里達及托巴哥、西班牙港
to.ri.ni.da.a.do.to.ba.go./po.o.to.o.bu.su.pe.i.n.

チュニジア、チュニス
突尼西亞、突尼斯
chu.ni.ji.a./chu.ni.su.

トルコ、アンカラ
土耳其、安卡拉
to.ru.ko./a.n.ka.ra.

ツバル、フナフチ
吐瓦魯、福納佛提
tsu.ba.ru./fu.na.fu.chi.

ウクライナ、キエフ
烏克蘭、基輔
u.ku.ra.i.na./ki.e.fu.

アラブ首長国連邦、アブダビ
阿拉伯聯合大公國、阿布達比
a.ra.bu.shu.cho.u.ko.ku.re.n.bo.u./a.bu.da.bi.

イギリス、ロンドン
英國、倫敦
i.gi.ri.su./ro.n.do.n.

ウルグアイ、モンテビデオ
烏拉圭、蒙特維多
u.ru.gu.a.i./mo.n.te.bi.de.o.

ウズベキスタン、タシケント
烏茲別克、塔什干
u.zu.be.ki.su.ta.n./ta.shi.ke.n.to.

ベネズエラ、カラカス
委內瑞拉、卡拉卡斯
be.ne.zu.e.ra./ka.ra.ka.su.

ベトナム、ハノイ
越南、河內
be.to.na.mu./ha.no.i.

■ 時事新聞

● 新聞報導

生放送
na.ma.ho.u.so.u.
現場直播

中継
chu.u.ke.i.
實況轉播

特報
to.ku.ho.u.
快訊

追跡調査
tsu.i.se.ki.cho.u.sa.
追蹤報導

客観報道
kya.ku.ka.n.ho.u.do.u.
客觀報導

偏向報道
he.n.ko.u.ho.u.do.u.
主觀報導

自主規制
ji.shu.ki.se.i.
自我約束

界
ka.i.
…界

教育界
kyo.u.i.ku.ka.i.
教育界

法曹界
ho.u.so.u.ka.i.
司法界

言論界
ge.n.ro.n.ka.i.
新聞界

政界
せいかい
se.i.ka.i.　　　　　政治界

美術界
びじゅつかい
bi.ju.tsu.ka.i.　　　藝術界

文学界
ぶんがくかい
bu.n.ga.ku.ka.i.　　文學界

文壇
ぶんだん
bu.n.da.n.　　　　　文學界

芸能界
げいのうかい
ge.i.no.u.ka.i.　　　娛樂圈

2
國際金融

● 刊物分類

掲載する
けいさい
ke.i.sa.i.su.ru.
刊登

新聞
しんぶん
shi.n.bu.n.
報紙

週刊雑誌
しゅうかんざっし
shu.u.ka.n.za.sshi.
週刊

月刊誌
げっかんし
ge.kka.n.shi.
月刊

隔月刊
かくげつかん
ka.ku.ge.tsu.ka.n.
雙月刊

季刊
きかん
ki.ka.n.
季刊

定期刊行物
ていきかんこうぶつ
te.i.ki.ka.n.ko.u.bu.tsu.
期刊

ニュース
nyu.u.su.
新聞

夕刊
ゆうかん
yu.u.ka.n.
晚報

朝刊
ちょうかん
cho.u.ka.n.
晨報

大衆紙
たいしゅうし
ta.i.shu.u.shi.
大眾化報紙

大衆誌
たいしゅうし
ta.i.shu.u.shi.
大眾化雜誌

ダイジェスト da.i.je.su.to.	文摘／摘要
雑誌 za.sshi.	雜誌
タブロイド ta.bu.ro.i.do.	小報
スポーツ新聞 su.po.o.tsu.shi.n.bu.n.	以報導藝能體育話題 為主的報紙
マスコミ ma.su.ko.mi.	媒體
メディア me.di.a.	媒體
マスコミュニケーション ma.su.ko.myu.ni.ke.e.sho.n.	大眾傳播學

● 新聞主題

政治
せいじ
se.i.ji.

政治

社会
しゃかい
sha.ka.i.

社會

国際
こくさい
ko.ku.sa.i.

國際

地域
ちいき
chi.i.ki.

地方新聞

科学
かがく
ka.ga.ku.

科學

環境
かんきょう
ka.n.kyo.u.

環境

社説
しゃせつ
sha.se.tsu.

社論

コラム
ko.ra.mu.

專欄

特集
とくしゅう
to.ku.shu.u.

特集

天気
てんき
te.n.ki.

氣象

経済
けいざい
ke.i.za.i.

經濟

株価
かぶか
ka.bu.ka.

股價

外国為替相場
ga.i.go.ku.ka.wa.se.so.u.ba.
匯市

投資信託
to.u.shi.shi.n.ta.ku.
投資信託

投資
to.u.shi.
投資

企業ナビ
ki.kyo.u.na.bi.
企業介紹

スポーツ
su.po.o.tsu.
體育

プロ野球
pu.ro.ya.kyu.u.
職棒

大リーグ
da.i.ri.i.gu.
美國職棒大聯盟

サッカー
sa.kka.a.
足球

ゴルフ
go.ru.fu.
高爾夫

大相撲
o.o.zu.mo.u.
相撲

エンタメ
e.n.ta.me.
娛樂

ニュース
nyu.u.su.
新聞

テレビ
te.re.bi.
電視

ラジオ ra.ji.o.	廣播
音楽 o.n.ga.ku.	音樂
映画 e.i.ga.	電影
舞台 bu.ta.i.	舞台劇
伝統芸 de.n.to.u.ge.i.	傳統技藝
旅行 ryo.ko.u.	旅遊
グルメ gu.ru.me.	美食
連載 re.n.sa.i.	連載
ラテ欄 ra.te.ra.n.	節目表
附録 fu.ro.ku.	附錄
別冊 be.ssa.tsu.	附錄／小冊書
トップニュース to.ppu.nyu.u.su.	頭條新聞
一面 i.chi.me.n.	頭版

見出し mi.da.sh.	標題／報紙頭條
小見出し ko.mi.da.shi.	小標題／副標題
ハイライト ha.i.ra.i.to.	要聞
紀要 ki.yo.u.	新聞簡報
ドキュメント do.kyu.me.n.to.	文件摘要
エッセイ e.sse.i.	隨筆
新聞名 shi.n.bu.n.me.i.	報紙名

2

國際金融

● 相關人員

ストリンガー su.to.ri.n.ga.a.	特約記者／通訊員
特派員 to.ku.ha.i.n.	駐外記者
ジャーナリスト ja.a.na.ri.su.to.	新聞記者
カメラマン ka.me.ra.ma.n.	攝影師
記者 ki.sha.	記者
コラムニスト ko.ra.mu.ni.su.to.	專欄作家
フリーランス fu.ri.i.ra.n.su.	自由撰稿人／自由業者
フリーランサー fu.ri.i.ra.n.sa.a.	自由撰稿人／自由業者
寄稿者 ki.ko.u.sha.	投稿人
投稿者 to.u.ko.u.sha.	投稿人
広報 ko.u.ho.u.	公關

● 編輯

編集者
he.n.shu.u.sha.
編輯

コピーエディター
ko.pi.i.e.di.ta.a.
文字編輯

校正者
ko.u.se.i.sha.
校對員

報酬
ho.u.shu.u.
稿費

出版社
shu.ppa.n.sha.
出版者

出版業者
shu.ppa.n.gyo.u.sha.
出版者

出版元
shu.ppa.n.mo.to.
出版社

レイアウト
re.i.a.u.to.
版面編排

設計
se.kke.i.
版面設計

デザイン
de.za.i.n.
版面設計

キャプション
kya.pu.sho.n.
圖片説明

● 商業財經

商業
sho.u.gyo.u.
商業

ビジネス
bi.ji.ne.su.
商業

知識経済
chi.shi.ki.ke.i.za.i.
知識經濟

経済制裁
ke.i.za.i.se.i.sa.i.
經濟制裁

急上昇
kyu.u.jo.u.sho.u.
經濟復蘇

バブル経済
ba.bu.ru.ke.i.za.i.
泡沫經濟

フロアトレーダー
fu.ro.a.to.re.e.da.a.
場內交易人

営業利益
e.i.gyo.u.ri.e.ki.
營運利潤

不足
fu.so.ku.
不足／差額

ヘッジファンド
he.jji.fa.n.do.
對沖基金

反トラスト
ha.n.to.ra.su.to.
反托拉斯

貸借対照表
ta.i.sha.ku.ta.i.sho.u.hyo.u.
資產負債表

バランスシート ba.ra.n.su.shi.i.to.	資産負債表
借り手 ka.ri.te.	借方
インベントリ i.n.be.n.to.ri.	庫存量
在庫品 za.i.ko.hi.n.	庫存量／庫存品
ミューチュアルファンド yu.u.chu.a.ru.fa.n.do.	共同基金
流動資産 ryu.u.do.u.shi.sa.n.	流動資産
流動負債 ryu.u.do.u.fu.sa.i.	流動負債
固定資産 ko.te.i.shi.sa.n.	固定資産
固定負債 ko.te.i.fu.sa.i.	固定負債
株主資本金 ka.bu.nu.shi.shi.ho.n.ki.n.	資本
黒字 ku.ro.ji.	順差
赤字 a.ka.ji.	逆差
出来高 de.ki.da.ka.	成交量

終値 o.wa.ri.ne.	收盤價
始値 ha.ji.me.ne.	開盤價
闇値 ya.mi.ne.	黑市價
ブースト bu.u.su.to.	增加／提高
高める ta.ka.me.ru.	增加／提高
にわか景気 ni.wa.ka.ke.i.ki.	經濟繁榮
ブーム bu.u.mu.	熱潮
暴騰 bo.u.to.u.	急遽上升
上限価格 jo.u.ge.n.ka.ka.ku.	最高限價
暴落 bo.u.ra.ku.	價格等暴跌
急落 kyu.u.ra.ku.	價格等暴跌
削減 sa.ku.ge.n.	削減
決着 ke.ccha.ku.	結束／解決

中止 chu.u.shi.	結束／中止
凍結 to.u.ke.tsu.	凍結／平穩
過剰 ka.jo.u.	供過於求
需給不均衡 ju.kyu.u.fu.ki.n.ko.u.	供求失調
せり上げる se.ri.a.ge.ru.	競價
金融界 ki.n.yu.u.ka.i.	金融界
低金利の長期ローン te.i.ki.n.ri.no.cho.u.ki.ro.o.n.	長期低息貸款
無利子融資 mu.ri.shi.yu.u.shi.	無息貸款
億万長者 o.ku.ma.n.cho.u.ja.	巨富
先端技術 se.n.ta.n.gi.ju.tsu.	尖端技術
無職 mu.sho.ku.	失業人員
転職 te.n.sho.ku.	轉換工作跑道
再就職 sa.i.shu.u.sho.ku.	二次就業

しつぎょう
失業　　　　　　　　　　失業
shi.tsu.gyo.u.

リストラ　　　　　　　　裁員
ri.su.to.ra.

ろうしふんそう
労使紛争　　　　　　　　勞資衝突
ro.u.shi.fu.n.so.u.

きんゆ
禁輸　　　　　　　　　　禁運
ki.n.yu.

ぜんめんきんし
全面禁止　　　　　　　　全面禁止
ze.n.me.n.ki.n.shi.

げんゆせいさんりょう
原油生産量　　　　　　　原油生產量
ge.n.yu.se.i.sa.n.ryo.u.

げんゆ
原油　　　　　　　　　　原油
ge.n.yu.

たいへいようけいざいきょうりょく
アジア太平洋経済協力　　亞太經合組織
a.ji.a.ta.i.he.i.yo.u.ke.i.za.i.kyo.u.ryo.ku.

せきゆゆしゅつこくきこう
石油輸出国機構　　　　　石油輸出國組織
se.ki.yu.yu.shu.tsu.ko.ku.ki.ko.u.

せかいぼうえききかん
世界貿易機関　　　　　　世界貿易組織
se.ka.i.bo.u.e.ki.ki.ka.n.

かんぜい　　　　ぼうえき　　かん　　　　いっぱんきょうてい
関税および貿易に関する一般協定
　　　　　　　　　　　　　　關貿總協定
ka.n.ze.i.o.yo.bi.bo.u.e.ki.ni.ka.n.su.ru.i.ppa.n.kyo.
u.te.i.

ぼうえきりろん
貿易理論　　　　　　　　貿易理論
bo.u.e.ki.ri.ro.n.

一般特恵関税制度　　特惠關稅制度
i.ppa.n.to.kke.i.ka.n.ze.i.se.i.do.

関税　　關稅
ka.n.ze.i.

関税自主権　　關稅自主權
ka.n.ze.i.ji.shu.ke.n.

関税同盟　　關稅同盟
ka.n.ze.i.do.u.me.i.

協定税率　　協定稅率
kyo.u.te.i.ze.i.ri.tsu.

共同市場　　共同市場
kyo.u.do.u.shi.jo.u.

経済産業省　　經濟產業部
ke.i.za.i.sa.n.gyo.u.sho.u.

経済制裁　　經濟制裁
ke.i.za.i.se.i.sa.i.

経済特区　　經濟特區
ke.i.za.i.to.ku.ku.

原産地証明書　　產地証明書
ge.n.sa.n.chi.sho.u.me.i.sho.

交易港　　交易港
ko.u.e.ki.ko.u.

国際競争力　　國際競爭力
ko.ku.sa.i.kyo.u.so.u.ryo.ku.

コンテナ　　貨櫃
ko.n.te.na.

コンテナ船 _{せん}　　　　　　貨櫃船
ko.n.te.na.se.n.

最恵国待遇 _{さいけいこくたいぐう}　　最惠國待遇
sa.i.ke.i.ko.ku.ta.i.gu.u.

自由貿易協定 _{じゆうぼうえききょうてい}　自由貿易原則
ji.yu.u.bo.u.e.ki.kyo.u.te.i.

信用状 _{しんようじょう}　　　　信用證
shi.n.yo.u.jo.u.

中継貿易 _{ちゅうけいぼうえき}　　　轉口貿易
chu.u.ke.i.bo.u.e.ki.

不買運動 _{ふばいうんどう}　　　　聯合抵制
fu.ba.i.u.n.do.u.

● 日本著名大財團

丸紅
<ruby>丸紅<rt>まるべに</rt></ruby>
ma.ru.be.ni.

丸紅

伊藤忠
<ruby>伊藤忠<rt>いとうちゅう</rt></ruby>
i.to.u.chu.u.

伊藤忠

三井
<ruby>三井<rt>みつい</rt></ruby>
mi.tsu.i.

三井

三菱
<ruby>三菱<rt>みつびし</rt></ruby>
mi.tsu.bi.shi.

三菱

安田
<ruby>安田<rt>やすだ</rt></ruby>
ya.su.da.

安田

住友
<ruby>住友<rt>すみとも</rt></ruby>
su.i.to.mo.

住友

岩井
<ruby>岩井<rt>いわい</rt></ruby>
i.wa.i.

岩井

● 社會要聞

刑法
け.い.ほ.う.
ke.i.ho.u.
刑法

犯罪者
は.ん.ざ.い.しゃ.
ha.n.za.i.sha.
罪犯

容疑者
よ.う.ぎ.しゃ.
yo.u.gi.sha.
嫌犯

弁護士
べ.ん.ご.し.
be.n.go.shi.
律師

検察
け.ん.さ.つ.
ke.n.sa.tsu.
檢察官

事件
じ.け.ん.
ji.ke.n.
案件

裁判員制度
さ.い.ば.ん.い.ん.せ.い.ど.
sa.i.ba.n.i.n.se.i.do.
裁判員制度
（陪審制度）

被告人
ひ.こ.く.に.ん.
hi.ko.ku.ni.n.
被告

無罪判決
む.ざ.い.は.ん.け.つ.
mu.za.i.ha.n.ke.tsu.
無罪判決

無罪釈放
む.ざ.い.しゃ.く.ほ.う.
mu.za.i.sha.ku.ho.u.
無罪釋放

有罪判決
ゆ.う.ざ.い.は.ん.け.つ.
yu.u.za.i.ha.n.ke.tsu.
有罪判決

無罪の
む.ざ.い.
mu.za.i.no.
無罪的

無実 む.じ.つ mu.ji.tsu.	冤罪／冤枉的
保釈 ほ.しゃく ho.sha.ku.	假釋
誘拐 ゆ.う.かい yu.u.ka.i.	誘拐
通り魔 と.お.ま to.o.ri.ma.	在鬧區任意行兇的 殺人犯
空き巣 あ.き.す a.ki.su.	偷竊
放火 ほ.う.か ho.u.ka.	縱火
引ったくり ひ. hi.tta.ku.ri.	搶劫
すり su.ri.	扒手
キャバクラ kya.ba.ku.ra.	有人陪酒的酒店
ホステス ho.su.te.su.	陪酒小姐
ホスト ho.su.to.	牛郎
ヘロイン he.ro.i.n.	海洛因
大麻 た.い.ま ta.i.ma.	大麻

麻薬 ma.ya.ku.	大麻
覚せい剤 ka.ku.se.i.za.i.	興奮劑
現行犯 ge.n.ko.u.ha.n.	現行犯
逮捕 ta.i.ho.	逮捕
失踪 shi.sso.u.	失蹤
所持 sho.ji.	持有
出頭 shu.tto.u.	自首
逮捕状 ta.i.ho.jo.u.	拘捕狀
公判 ko.u.ha.n.	公審
証人 sho.u.ni.n.	證人
目撃者 mo.ku.ge.ki.sha.	目擊者
殺人 sa.tsu.ji.n.	謀殺
偽物 ni.se.mo.no.	贗品

称賛 しょうさん sho.u.sa.n.	讚揚
さらけ出す だ sa.ra.ke.da.su.	暴露
公然わいせつ こうぜん ko.u.ze.n.wa.i.se.tsu.	公然猥褻
明らかにする あき a.ki.ra.ka.ni.su.ru.	揭露
非難 ひなん hi.na.n.	譴責
死刑 しけい shi.ke.i.	死刑
飛行機墜落事故 ひこうきついらくじこ hi.ko.u.ki.tsu.i.ra.ku.ji.ko.	飛機失事
衝突 しょうとつ sho.u.to.tsu.	碰撞
プライバシーの侵害 しんがい pu.ra.i.ba.shi.i.no.sh.n.ga.i.	侵犯隱私權
名誉毀損 めいよきそん me.i.yo.ki.so.n.	誹謗
冤罪 えんざい e.n.za.i.	冤罪
世論 せろん se.ro.n.	輿論
賛否両論 さんぴりょうろん sa.n.pi.ryo.u.ro.n.	正反評價不一

批判
ひ.はん
hi.ha.n.
批評

指摘
し.てき
shi.te.ki.
指出

懸念
け.ねん
ke.ne.n.
懸念

目撃
も.く.げき
mo.ku.ge.ki.
目擊

図星
ず.ぼ.し
zu.bo.shi.
要害／猜中／一語中的

弱点
じゃく.てん
ja.ku.te.n.
弱點

致命傷
ち.めい.しょう
chi.me.i.sho.u.
致命傷

パトカー
pa.to.ka.a.
警車

機動隊
き.どう.たい
ki.do.u.ta.i.
鎮暴警察

軽蔑
け.い.べつ
ke.i.be.tsu.
侮辱

侮辱
ぶ.じょく
bu.jo.ku.
侮辱

過失致死
か.しつ.ち.し
ka.shi.tsu.chi.shi.
過失致死

陰謀
いん.ぼう
i.n.bo.u.
預謀／密謀策劃

詐欺
sa.gi.

詐欺

- -

計画殺人
ke.i.ka.ku.sa.tsu.ji.n.

預謀殺人

- -

謀殺
bo.u.sa.tsu.

謀殺

- -

2

國際金融

● 交通新聞

新幹線
しんかんせん
shi.n.ka.n.se.n.
新幹線（高速鐵路）

ダイヤ
da.i.ya.
時刻表

乱れる
みだ
mi.da.re.ru.
打亂

立往生
たちおうじょう
ta.chi.o.u.jo.u.
拋錨／進退不得

渋滞
じゅうたい
ju.u.ta.i.
塞車

帰省ラッシュ
きせい
ki.se.i.ra.sshu.
返鄉潮

U ターン／ユーターン
yu.u.ta.a.n.
回到城市的車潮

高速道路
こうそくどうろ
ko.u.so.ku.do.u.ro.
高速公路

高速道路料金
こうそくどうろりょうきん
ko.o.so.ku.do.u.ro.ryo.u.ki.n.
過路費

交通事故
こうつうじこ
ko.u.tsu.u.ji.ko.
交通事故

ひき逃げ
に
hi.ki.ni.ge.
肇事後逃逸

はねられる
ha.ne.ra.re.ru.
被撞

轢かれる ひ hi.ka.re.ru.	被撞
歩行者 ほ こう しゃ ho.ko.u.sha.	行人
通行人 つう こう にん tsu.u.ko.u.ni.n	過路人
玉突き たま つ ta.ma.tsu.ki.	追撞
在来線 ざい らい せん za.i.ra.i.se.n.	新幹線以前興建的鐵路 ／舊規的鐵路

● 醫藥新聞

うつ病
u.tsu.byo.u.

憂鬱症

癌
ga.n.

癌症

避難
hi.na.n.

撤離

インフルエンザ
i.n.fu.ru.e.n.za.

流行感冒

致命的
chi.me.i.te.ki.

致命的

ウイルス
u.i.ru.su.

病毒

ワクチン
wa.ku.chi.n.

疫苗

検疫
ke.n.e.ki.

隔離

入院
nyu.u.i.n.

住院

伝染病
de.n.se.n.byo.u.

傳染病

伝染
de.n.se.n.

接觸傳染

感染
ka.n.se.n.

感染

くうきかんせん **空気感染** ku.u.ki.ka.n.se.n.	空氣傳染
とり **鳥インフルエンザ** to.ri.i.n.fu.ru.e.n.za.	禽流感
りゅうこう **流行** ryu.u.ko.u.	爆發流行
かんし **監視** ka.n.shi.	監視
さいきん **細菌** sa.i.ki.n.	細菌
くすり **薬** ku.su.ri.	藥
ちゅうしゃ **注射** chu.u.sha.	注射
こうれいしゃ **高齢者** ko.u.re.i.sha.	高齡者
アレルギー a.re.ru.gi.i.	過敏
かふんしょう **花粉症** ka.fu.n.sho.u.	花粉過敏
マスク ma.su.ku.	口罩
うがい u.ga.i.	漱口
じょきん **除菌** jo.ki.n.	抗菌

● 國際外交要聞

クーデタープロッタ 政變策劃者
ku.u.de.ta.a.pu.ro.tta.

独裁政権 獨裁
to.ku.sa.i.se.i.ke.n.

当局 有關當局
to.u.kyo.ku.

暫定政府 過渡政府
za.n.te.i.se.i.fu.

無血クーデター 不流血政變
mu.ke.tsu.ku.u.de.ta.a.

軍事クーデター 軍事政變
gu.n.ji.ku.u.de.ta.a.

人質 人質
hi.to.ji.chi.

夜間外出禁止令 宵禁／戒嚴
ya.ka.n.ga.i.shu.tsu.ki.n.shi.re.i.

封鎖 封鎖
fu.u.sa.

アパルトヘイト 種族隔離
a.pa.ru.to.hc.i.to.

人種差別 種族歧視
ji.n.shu.u.sa.be.tsu.

爆発 爆炸
ba.ku.ha.tsu.

クーデター未遂事件　　政變未遂
ku.u.de.ta.a.mi.su.i.ji.ke.n.

ミサイル　　　　　　飛彈
mi.sa.i.ru.

戦略兵器制限交渉　　限制戰略武器會談
se.n.rya.ku.he.i.ki.se.i.ge.n.ko.u.sho.u.

戦略防衛構想　　　　戰略防禦措施
se.n.rya.ku.bo.u.e.i.ko.u.so.u.

原子核　　　　　　　原子核
ge.n.shi.ka.ku.

核兵器　　　　　　　核子武器
ka.ku.he.i.ki.

核爆弾　　　　　　　核子彈
ka.ku.ba.ku.da.n.

原子兵器　　　　　　原子武器
ge.n.shi.he.i.ki.

非核　　　　　　　　非核化
hi.ka.ku.

武力介入　　　　　　武裝干涉
bu.ryo.ku.ka.i.nyu.u.

砲撃　　　　　　　　轟炸／炮擊
ho.u.ge.ki.

休戦　　　　　　　　停火／休戰
kyu.u.se.n.

停戦　　　　　　　　停火
te.i.se.n.

敗走 ha.i.so.u.	敗退
追放 tsu.i.ho.u.	驅逐
追い出す o.i.da.su.	驅逐
攻撃 ko.u.ge.ki.	進攻
首脳 shu.no.u.	主謀／領導人
主謀者 shu.bo.u.sha.	率領
破壊 ha.ka.i.	摧毀
滅ぼす ho.ro.bo.su.	摧毀
敗北 ha.i.bo.ku.	失敗
敗る ya.bu.ru.	擊敗
撤退 te.tta.i.	撤退／撤離
闘争 to.u.so.u.	衝突
競合 kyo.u.go.u.	衝突

確執 か く し つ ka.ku.shi.tsu.	不睦
紛争 ふ ん そ う fu.n.so.u.	紛爭
口論 こ う ろ ん ko.u.ro.n.	爭論／爭議
論争 ろ ん そ う ro.n.so.u.	爭議
タカ派 は ka.ta.ha.	主戰派份子
ハト派 は ha.to.ha.	主和派份子
プロトコル pu.ro.to.ko.ru.	草案／協議
規定 き て い ki.te.i.	協議／規定
テロ te.ro.	恐怖攻擊
議定書 ぎ て い し ょ gi.te.i.sho.	協議書
捻り出す ひ ね だ hi.ne.ri.da.su.	制訂
協定 きょ う て い kyo.u.te.i.	條約
条約 じょ う や く jo.u.ya.ku.	條約／協議

契約
けいやく
ke.i.ya.ku.

協定

互恵貿易協定
ごけいぼうえききょうてい
go.ke.i.bo.u.e.ki.kyo.u.te.i.

互恵貿易協定

トランザクション
to.ra.n.za.ku.sho.n.

交易

● 聯合國

こくさいれんごう
国際連合　　　　　聯合國
ko.ku.sa.i.re.n.go.u.

こくれん
国連　　　　　　　聯合國
ko.ku.re.n.

じょうにんりじこく
常任理事国　　　　常任理事國
jo.u.ni.n.ri.ji.ko.ku.

れんごうこく
連合国　　　　　　同盟國
re.n.go.u.ko.ku.

そうかい
総会　　　　　　　總會
so.u.ka.i.

あんぜんほしょうりじかい
安全保障理事会　　安全理事會
a.n.ze.n.ho.sho.u.ri.ji.ka.i.

けいざいしゃかいりじかい
経済社会理事会　　經濟及社會理事會
ke.i.za.i.sha.ka.i.ri.ji.ka.i.

しんたくとうちりじかい
信託統治理事会　　托管理事會
shi.n.ta.ku.to.u.chi.ri.ji.ka.i.

こくさいしほうさいばんしょ
国際司法裁判所　　國際法庭
ko.ku.sa.i.shi.ho.u.sa.i.ba.n.sho.

じむきょく
事務局　　　　　　秘書處
ji.mu.kyo.ku.

へいわきょうぞん
平和共存　　　　　和平共處
he.i.wa.kyo.u.zo.n.

へいわいじぐん
平和維持軍　　　　維和部隊
he.i.wa.i.ji.gu.n.

平和維持活動
へいわいじかつどう
he.i.wa.i.ji.ka.tsu.do.u.

維護和平活動

国際協力
こくさいきょうりょく
ko.ku.sa.i.kyo.u.ryo.ku.

國際合作

事務総長
じむそうちょう
ji.mu.so.u.cho.u.

祕書長

加盟国
かめいこく
ka.me.i.ko.ku.

會員國

国際連合憲章
こくさいれんごうけんしょう
ko.u.sa.i.re.n.go.u.ke.n.sho.u.

聯合國憲章

国際連合教育科学文化機関 聯合國教科文組織
こくさいれんごうきょういくかがくぶんかきかん
ko.ku.sa.i.re.n.go.u.kyo.u.i.ku.ka.ga.ku.bu.n.ka.ki.
ka.n.

● 外交新聞

賓客 hi.n.kya.ku.	貴賓
国賓 ko.ku.hi.n.	國賓
特使 to.ku.shi.	特使
訪問 ho.u.mo.n.	訪問
相互訪問 so.u.go.ho.u.mo.n.	互訪
友好関係 yu.u.ko.u.ka.n.ke.i.	友好關係
接遇 se.tsu.gu.u.	會晤
謁見 e.kke.n.	接見
サミット sa.mi.tto.	高峰會談
政治圧力 se.i.ji.a.tsu.ryo.ku.	政治壓力
ごり押し go.ri.o.shi.	施加壓力
外務報道官 ga.i.mu.ho.u.do.u.ka.n.	外交部發言人

2
國際金融

大使
ta.i.shi.

大使

- -

はったり外交
ha.tta.ri.ga.i.ko.u.

恫嚇外交

- -

外交
ga.i.ko.u.

外交

- -

礼砲
re.i.ho.u.

禮炮

- -

● 選舉政治

天皇
te.n.no.u.
天皇

大統領
da.i.to.u.ryo.u.
總統

総理大臣
so.u.ri.da.i.ji.n.
總理／首相

国家公務員
ko.kka.ko.u.mu.i.n.
公務員

副大統領
fu.ku.da.i.to.u.ryo.u.
副總統

大統領代行
da.i.to.u.ryo.u.da.i.ko.u.
代總統

首相
shu.sho.u.
首相

与党
yo.to.u.
執政黨

野党
ya.to.u.
在野黨

政党連合
se.i.to.u.re.n.go.u.
政黨合作

自民党
ji.mi.n.to.u.
自民黨

民主党
mi.n.shu.to.u.
民主黨

しゅうぎいん
眾議院　　　　　眾議院
shu.u.gi.i.n.

さんぎいん
参議院　　　　　参議院
sa.n.gi.i.n.

こっかい
国会　　　　　　國會
ko.kka.i.

いいんかい
委員会　　　　　組織／委員會
i.i.n.ka.i.

いっこくりょうせい
一国両制　　　　一國兩制
i.kko.ku.ryo.u.se.i.

むせいふ
無政府　　　　　無政府狀態
mu.se.i.fu.

あっとうてきたすう
圧倒的多数　　　壓倒性多數
a.tto.u.te.ki.ta.su.u.

はんたいひょう
反対票　　　　　反對票
ha.n.ta.i.hyo.u.

さんせいひょう
賛成票　　　　　賛成票
sa.n.se.i.hyo.u.

こうかいとうひょう
公開投票　　　　記名投票
ko.u.ka.i.to.u.hyo.u.

ひみつとうひょう
秘密投票　　　　不記名投票
hi.mi.tsu.to.u.hyo.u.

かいひょう
開票　　　　　　開票
ka.i.hyo.u.

むこうひょう
無効票　　　　　無效票
mu.ko.u.hyo.u.

投票用紙 とうひょうようし to.u.hyo.u.yo.u.shi.	選票
開票検査人 かいひょうけんさにん ka.i.hyo.u.ke.n.sa.ji.n.	監票員
議長 ぎちょう gi.cho.u.	議長
副議長 ふくぎちょう fu.ku.gi.cho.u.	副議長
国会議員 こっかいぎいん ko.kka.i.gi.i.n.	國會議員
参議院議員 さんぎいんぎいん sa.n.gi.i.n.gi.i.n.	參議員
知事 ちじ chi.ji.	地方首長(都道府縣的)
首長 しゅちょう shu.cho.u.	首長
市長 しちょう shi.cho.u.	地方首長(市町村的)
町長 ちょうちょう cho.u.cho.u.	鄉長
村長 そんちょう so.n.cho.u.	村長
現任市長 げんにんしちょう ge.n.ni.n.shi.cho.u.	現任市長
都知事 とちじ to.chi.ji.	都長(相當於市長)

2

國際金融

223

道知事 do.u.chi.ji.	道的首長(相當於市長)
府知事 fu.chi.ji.	府長(相當於市長)
県知事 ke.n.chi.ji.	縣長
代表 da.i.hyo.u.	代表
政治家 se.i.ji.ka.	政治家/政治人物
役人 ya.ku.ni.n.	官員
閣員 ka.ku.i.n.	閣員
任期 ni.n.ki.	任期
再任 sa.i.ni.n.	連任
地方産業 chi.ho.u.	地方產業
報道官 ho.u.do.u.ka.n.	美(國)方發言人
広報担当者 ko.u.ho.u.ta.n.to.u.sha.	發言人
スポークスマン su.po.o.ku.su.ma.n.	發言人

しゅうぎいんかいさん **衆議院解散** shu.u.gi.i.n.ka.i.sa.n.	眾議院解散
ないかくふしんにんけつぎ **内閣不信任決議** na.i.ka.ku.fu.shi.n.ni.n.ke.tsu.gi.	不信任案
ふしんにん **不信任** fu.shi.n.ni.n.	不信任
かいさん **解散** ka.i.sa.n.	解散
そうじしょく **総辞職** so.u.ji.sho.ku.	總辭職
ぎいんないかくせい **議院内閣制** gi.i.n.na.i.ka.ku.se.i.	內閣制
そかく **組閣** so.ka.ku.	組閣
ないかくかいぞう **内閣改造** na.i.ka.ku.ka.i.zo.u.	內閣改組
せいじや **政治屋** se.i.ji.ya.	政客
せいじ **政治ブローカー** se.i.ji.bu.ro.o.ka.a.	政客
せいじかいかく **政治改革** se.i.ji.ka.i.ka.ku.	政治改革
ないかくかおぶれ **内閣顔触れ** na.i.ka.ku.ka.o.bu.re.	內閣陣容
シンクタンク shi.n.ku.ta.n.ku.	智囊團

2

國際金融

225

役員 やくいん ya.ku.i.n.	官員
官僚 かんりょう ka.n.ryo.u.	官僚
献金 けんきん ke.n.ki.n.	獻金
官僚主義 かんりょうしゅぎ ka.n.ryo.u.shu.gi.	官僚主義
わいろ wa.i.ro.	行賄
恩赦 おんしゃ o.n.sha.	特赦
立候補 りっこうほ ri.kko.u.ho.	候選人
選挙区 せんきょく se.n.kyo.ku.	選區
有権者 ゆうけんしゃ yu.u.ke.n.sha.	選民
民衆 みんしゅう mi.n.shu.u.	人民
投票 とうひょう to.u.hyo.u.	投票
国民投票 こくみんとうひょう ko.ku.mi.n.to.u.hyo.u.	公投
ライバル ra.i.ba.ru.	勁敵

たいりつこうほしゃ **対立候補者** ta.i.ri.tsu.ko.u.ho.sha.	對手候選人
こうほしゃ **ライバル候補者** ra.i.ba.ru.ko.u.ho.sha.	對手候選人
けっしん **決心** ke.sshi.n.	決心
かくご **覚悟** ka.ku.go.	決心
じにん **辞任** ji.ni.n.	辭職
こうしょくせんきょほう **公職選挙法** ko.u.sho.ku.se.n.kyo.ho.	公職人員選罷法
せんきょかんりいいんかい **選挙管理委員会** se.n.kyo.ka.n.ri.i.i.n.ka.i.	選委會
しゅうぎいんぎいんそうせんきょ **衆議院議員総選挙** shu.u.gi.i.n.gi.i.n.so.u.se.n.kyo.	眾議員選舉
さんぎいんぎいんつうじょうせんきょ **参議院議員通常選挙** sa.n.gi.i.n.gi.i.n.tsu.u.jo.u.se.n.kyo.	參議員選舉
しゅうぎいんかいさん **衆議院解散** shu.u.gi.i.n.ka.i.sa.n.	眾議院解散
ちほうせんきょ **地方選挙** chi.ho.se.n.kyo.	地方選舉
きじつぜんとうひょうせいど **期日前投票制度** ki.ji.tsu.ze.n.to.u.hyo.u.se.i.do.	投票日前先行投票
らっかさんこうほ **落下傘候補** ra.kka.sa.n.ko.u.ho.	非當地出身的候選人

2

國際金融

供託金 きょうたくきん kyo.u.ta.ku.ki.n.	選舉保證金
選挙 せんきょ se.n.kyo.	選舉
不在者投票制度 ふざいしゃとうひょうせいど fu.za.i.sha.to.u.hyo.u.se.i.do.	不在籍投票
平日投票 へいじつとうひょう he.i.ji.tsu.to.u.hyo.u.	非假日投票日
在外選挙 ざいがいせんきょ za.i.ga.i.se.n.kyo.	旅居國外的人民在國外投票
無風選挙 むふうせんきょ mu.fu.u.se.n.kyo.	事前就可預知結果的選舉
みそぎ選挙 みそぎせんきょ mi.so.gi.se.n.kyo.	帶有醜聞的候選人參與選舉
信任投票 しんにんとうひょう shi.n.ni.n.to.u.hyo.u.	信任投票
タレント政治家 せいじか ta.re.n.to.se.i.ji.ka.	曾為或現為藝人的政治人員
選挙公報 せんきょこうほう se.n.kyo.ko.u.ho.u.	選舉公告
ミニ政党 せいとう mi.ni.se.i.to.u.	小政党
投票証明書 とうひょうしょうめいしょ to.u.yo.u.sho.u.me.i.sho.	投票後所拿到的證明書
罷免 ひめん hi.me.n.	罷免

就任演説
しゅうにんえんぜつ
shu.u.ni.n.e.n.ze.tsu.

就職演説

指名
しめい
shi.me.i.

提名

選挙
せんきょ
se.n.kyo.

選舉

兵器売却
へいきばいきゃく
he.i.ki.ba.i.kya.ku.

賣出武器

武器購入
ぶきこうにゅう
bu.ki.ko.u.nyu.

購買武器／軍購

反国家分裂法
はんこっかぶんれつほう
ha.n.ko.kka.bu.n.re.tsu.ho.u.

反分裂法

独立
どくりつ
do.ku.ri.tsu.

獨立

統一
とういつ
to.u.i.tsu.

統一

暗殺
あんさつ
a.n.sa.tsu.

暗殺(行刺)

マニフェスト
ma.ni.fe.su.to.

政見

● 人物專訪

有名人
ゆうめいじん
yu.u.me.i.ji.n.　　　　　名人

セレブ
se.re.fu.　　　　　上流社會人士／有錢人

マダム
ma.da.mu.　　　　　貴婦

エリート
e.ri.e.to.　　　　　菁英

財閥
ざいばつ
za.i.ba.tsu.　　　　　財團
　　　　　（多指傳統企業）

ホモ
ho.mo.　　　　　同性戀

同性愛
どうせいあい
do.u.se.i.a.i.　　　　　同性戀

ゲイ
ge.i.　　　　　男同性戀

レズビアン
re.zu.bi.a.n.　　　　　女同性戀

レズ
re.zu.　　　　　女同性戀

暴露
ばくろ
ba.ku.ro.　　　　　説明／告白

カミングアウト
ka.mi.n.gu.a.u.to.　　　　　告白

公表
<ruby>公<rt>こう</rt>表<rt>ひょう</rt></ruby>
ko.u.hyo.u.

公告周知

密着
<ruby>密<rt>みっ</rt>着<rt>ちゃく</rt></ruby>
mi.ccha.ku.

貼身採訪

取材
<ruby>取<rt>しゅ</rt>材<rt>ざい</rt></ruby>
shu.za.i.

採訪

インタビュー
i.n.ta.byu.u.

訪問

対談
<ruby>対<rt>たい</rt>談<rt>だん</rt></ruby>
ta.i.da.n.

對談

● 娛樂

スポーツ新聞
su.po.o.tsu.shi.n.bu.n.
專門記載體育、演藝新聞的報紙

芸能界
ge.i.no.u.ka.i.
演藝圈

アーティスト
a.a.ti.su.to.
藝人

芸人
ge.i.ni.n.
搞笑藝人

お笑い
o.wa.ra.i.
搞笑藝人／搞笑

芸能人の結婚
ge.i.no.u.ji.n.no.ke.kko.n.
藝人結婚

芸能人の離婚
ge.i.no.u.ji.n.no.ri.ko.n.
藝人離婚

熱愛
ne.tsu.a.i.
交往

破局
ha.kyo.ku.
分手

芸能人のおめでた
ge.i.no.u.ji.n.no.o.me.de.ta.
藝人喜訊／懷孕消息

芸能人ブログ
ge.i.no.u.ji.n.bu.ro.gu.
藝人部落格

ジャニーズ
ja.ni.i.zu.
傑尼斯事務所／傑尼斯藝人

よしもとこうぎょう **吉本興業** yo.shi.mo.to.ko.u.gyo.u.	吉本興業(日本最大的搞笑藝人事務所)
ものまねタレント mo.no.ma.ne.ta.re.n.to.	專門模仿的藝人
らくご **落語** ra.ku.go.	單口相聲
まんざい **漫才** ma.n.za.i.	雙人相聲
コント ko.n.to.	搞笑的小短劇
グラビアアイドル gu.ra.bi.a.a.i.do.ru.	寫真偶像/寫真女星
ぶたい **舞台** bu.ta.i.	舞台劇
えんげき **演劇** e.n.ge.ki.	舞台劇
オペラ o.pe.ra.	歌劇
ミュージカル my.u.ji.ka.ru.	音樂劇
たからづかかげきだん **宝塚歌劇団** ta.ka.ra.zu.ka.ka.ge.ki.da.n.	寶塚歌劇團（全為女性的劇團）
ふりん **不倫** fu.ri.n.	外遇
ふりんあいて **不倫相手** fu.ri.n.a.i.te.	第三者

2

国際金融

233

お邪魔虫
o.ja.ma.mu.shi.
約會時的電燈泡

ゴシップ
go.shi.ppu.
桃色新聞／醜聞

スキャンダル
su.kya.n.da.ru.
桃色新聞

不祥事
fu.sho.u.ji.
醜聞

でっち上げ
de.cchi.a.ge.
炒作

ペアリング
pe.a.ri.n.gu.
情侶對戒

メイキング
me.i.ki.n.gu.
相關花絮

イベント
i.be.n.to.
（宣傳）活動

劇場用予告
ge.ki.jo.u.yo.u.yo.ko.ku.
電影預告

特典
to.ku.te.n.
特別附錄

映画
e.i.ga.
電影

初公開
ha.tsu.ko.u.ka.i.
首映／初次公演

興行
ko.u.gyo.u.
票房收入

舞台挨拶 ぶたいあいさつ bu.ta.i.a.i.sa.tsu.	謝幕
大ヒット だい da.i.hi.tto.	很賣座
テレビ te.re.bi.	電視機
視聴率 しちょうりつ shi.cho.u.ri.tsu.	收視率
月九 げっく ge.kku.	星期一晚上九點的連續劇（通常是收視率最高最熱門的）
主役 しゅやく shu.ya.ku.	主角
俳優 はいゆう ha.i.yu.u.	男演員
ヒロイン hi.ro.i.n.	女主角
主演 しゅえん shu.e.n.	主演
キャスター kya.su.ta.a.	演員名單／主持人
番宣 ばんせん ba.n.se.n.	上節目做宣傳
ドラマ do.ra.ma.	連續劇

報道番組 ほうどうばんぐみ　　　新聞節目
ho.u.do.u.ba.n.gu.mi.

トーク番組 ばんぐみ　　　談話節目
to.o.ku.ba.n.gu.mi.

バラエティ　　　綜藝節目
ba.ra.e.ti.

ワイドショー　　　介紹藝能新聞等較
wa.i.do.sho.o.　　　八卦新聞的節目

歌番組 うたばんぐみ　　　歌唱節目
u.ta.ba.n.gu.mi.

音楽番組 おんがくばんぐみ　　　音樂節目
o.n.ga.ku.ba.n.gu.mi.

広告 こうこく　　　廣告
ko.u.ko.ku.

アルバム　　　專輯
a.ru.ba.mu.

シングル　　　單曲
shi.n.gu.ru.

チャート　　　(流行音樂)排行榜
cha.a.to.

オリコン　　　日本公信榜
o.ri.ko.n.

年間チャート ねんかん　　　年度排行榜
ne.n.ka.n.cha.a.to.

月間チャート げっかん　　　月榜
ge.kka.n.cha.a.to.

週間チャート しゅうかん shu.u.ka.n.cha.a.to.	週榜
売り上げ う あ u.ri.a.ge.	銷售量
表紙 ひょうし hyo.u.shi.	封面
宣伝 せんでん se.n.de.n.	宣傳攻勢
有名人 ゆうめいじん yu.u.me.i.ji.n.	名人
主演俳優 しゅえんはいゆう shu.e.n.ha.i.yu.u.	男主角
主演女優 しゅえんじょゆう shu.e.n.jo.yu.u.	女主角
助演女優 じょえんじょゆう jo.e.n.jo.yu.u.	女配角
助演男優 じょえんだんゆう jo.e.n.da.n.yu.u.	男配角

● 體育

野球 (やきゅう)
ya.kyu.u.
棒球

プロ野球 (やきゅう)
pu.ro.ya.kyu.u.
職棒

プロ野球日本シリーズ (やきゅうにほん)
pu.ro.ya.kyu.u.ni.ho.n.shi.ri.i.zu.
日本職棒冠軍賽

メジャーリーグ
me.ja.a.ri.i.gu.
美國職棒大聯盟

ゴルフ
go.ru.fu.
高爾夫

格闘技 (かくとうぎ)
ka.ku.to.u.gi.
摔角等格鬥競技

モータースポーツ
mo.o.ta.a.su.po.o.tsu.
賽車

ウインタースポーツ
u.i.n.ta.a.su.po.o.tsu.
冬季運動

Ｊリーグ
j.ri.i.gu.
日本足球聯盟

水泳 (すいえい)
su.i.e.n.
游泳

公営競技 (こうえいきょうぎ)
ko.u.e.i.kyo.u.gi.
賽馬等政府核可的
博奕競技

競馬 (けいば)
ke.i.ba.
賽馬

空手
ka.ra.te.

空手道

柔道
ju.u.do.u.

柔道

ノックアウトシステム
no.kku.a.u.to.shi.su.te.mu.

淘汰制

リタイヤ
ri.ta.i.ya.

淘汰

ビジター
bi.ji.ta.a.

客隊

ホーム
ho.o.mu.

主隊

ホームグラウンド
ho.o.mu.gu.ra.u.n.do.

主場

チャンピオン
cha.n.pi.o.n.

優勝者/冠軍

金メダル
ki.n.me.da.ru.

金牌

銀メダル
gi.n.me.da.ru.

銀牌

銅メダル
do.u.me.da.ru.

銅牌

メダル
me.da.ru.

獎牌

スポーツ
su.po.o.tsu.

運動

• track 117

アーチェリー a.a.che.ri.i.	射箭術
テコンドー te.ko.n.do.o.	跆拳道
<ruby>陸上<rt>りくじょう</rt></ruby> ri.ku.jo.u.	田徑
<ruby>審判<rt>しんばん</rt></ruby> shi.n.ba.n.	裁判
チームワーク chi.i.mu.wa.a.ku.	團隊合作

● 分類廣告

おくやみ
o.ku.ya.mi.
　　　　　　　　訃告

訃報
fu.ho.u.
　　　　　　　　訃告

広告
ko.u.ko.ku.
　　　　　　　　廣告

お詫び
o.wa.bi.
　　　　　　　　道歉啟示

訂正
te.i.se.i.
　　　　　　　　更正(啟事)

三行広告欄
sa.n.gyo.u.ko.u.ko.ku.ra.n.
　　　　　　　　分類廣告

全面報告
ze.n.me.n.ho.u.ko.ku.
　　　　　　　　全版廣告

第三章

新鮮人專區

■ 口語報告

● 逐項說明

ひとつ hi.to.tsu.	條列說明時，在每一條目前面加上。 相等於「項目」。
<ruby>第一<rt>だいいち</rt></ruby> da.i.i.chi.	第一
<ruby>一番目<rt>いちばんめ</rt></ruby> i.chi.ba.n.me.	第一
<ruby>第二<rt>だいに</rt></ruby> da.i.ni.	第二
<ruby>二番目<rt>にばんめ</rt></ruby> ni.ba.n.me.	第二
<ruby>第三<rt>だいさん</rt></ruby> da.i.sa.n.	第三
<ruby>三番目<rt>さんばんめ</rt></ruby> sa.n.ba.n.me.	第三
まず ma.zu.	首先
<ruby>次いで<rt>つ</rt></ruby> tsu.i.de.	接下來
ステップ 1 su.te.ppu.i.wa.n.	第一步
ステップ 2 su.te.ppu.tsu.u.	第二步

新鮮人專區 3

ステップ3 su.te.ppu.su.ri.i.	第三步
最後 sa.i.go.	最後一步
始めに ha.ji.me.ni.	首先
議題 gi.da.i.	議題
次の日 tsu.gi.no.hi.	隔天
次は tsu.gi.wa.	接下來
次の tsu.gi.no.	接下來
次 tsu.gi.	接下來
次のポイント tsu.gi.no.po.i.n.to.	下一點

● 常用連接詞

それから
so.re.ka.ra.
然後

では
de.wa.
然後／那麼

それから
so.re.ka.ra.
再來

その後
so.no.go.
然後

もうひとつの
mo.u.hi.to.tsu.no.
還有一個

別箇
be.kko.
其他的

後に
a.to.ni.
等一下

後程
no.chi.ho.do.
待會

続き
tsu.zu.ki.
繼續

あるいは
a.ru.i.wa.
或者

または
ma.ta.wa.
以及

および
o.yo.bi.
以及

3 新鮮人專區

なお na.o.	以及
また ma.ta.	或者
ところで to.ko.ro.de.	但是
さて sa.te.	那麼
そうしたら so.u.shi.ta.ra.	如此一來
とすれば to.su.re.ba.	如果
としたら to.shi.ta.ra.	如果
なぜなら na.ze.na.ra.	原因是
すなわち su.na.wa.chi.	也就是
つまり tsu.ma.ri.	也就是
たとえば ta.to.e.ba.	例如
けれど ke.re.do.	但是
けれども ke.re.do.mo.	但是

ですけど de.su.ke.do.	但是
しかし shi.ka.shi.	但是
それにもかかわらず so.re.ni.mo.ka.ka.wa.ra.zu.	儘管
のみならず no.mi.na.ra.zu.	不止
一方 i.ppo.u.	相反的
要するに yo.u.su.ru.ni.	總而言之
ちなみに chi.na.mi.ni.	順帶一提
反面 ha.n.me.n.	相反的

● 優先權考量

優先順位 yu.u.se.n.ju.n.i.n	優先/重點
優先 yu.u.se.n.	優先
優先権 yu.u.se.n.ke.n.	優先權
最優先 sa.i.yu.u.se.n.	最優先考慮

● 表達同意／贊成

そうですね。 so.u.de.su.ne.	就是説啊。
間違_{まちが}いありません。 ma.chi.ga.i./a.ri.ma.se.n.	肯定是。
おっしゃるとおりです。 o.ssha.ru.to.o.ri.de.su.	正如您所説的。
賛成_{さんせい}です。 sa.n.se.i.de.su.	我完全同意你所説的。
そう思_{おも}います。 so.u.o.mo.i.ma.su.	那正是我所想的！
もちろんです。 mo.chi.ro.n.de.su.	毫無疑問。
なるほど。 na.ru.ho.do.	原來如此。
そうとも言_いえます。 so.u.to.mo.i.e.ma.su.	也可以這麼説。
まったくです。 ma.tta.ku.de.su.	真的是。
確_{たし}かに。 ta.shi.ka.ni.	確實如此。
はい。 ha.i.	好。
問題_{もんだい}ないです。 mo.n.da.i.na.i.de.su.	沒問題。

● 表達不同意／不贊成

さあ。
我不這麼認為。
sa.a.

そうではありません。
不是這樣的。
so.u.de.wa./a.ri.ma.se.n.

どうかな。
是這樣嗎？
do.u.ka.na.

ちょっと違うなあ。
我不這麼認為。
cho.tto.chi.ga.u.na.a.

贊成しかねます。
我無法苟同。
sa.n.se.i.shi.ka.ne.ma.su.

贊成できません。
我不贊成。
sa.n.se.i.de.ki.ma.se.n.

反対です。
我反對。
ha.n.ta.i.de.su.

言いたいことは分かりますが。
雖然你說的也有道理。
i.i.ta.i.ko.to.wa./wa.ka.ri.ma.su.ga.

他^{ほか}になんかありますか？

還有其他説法嗎？

ho.ka.ni./na.n.ka.a.ri.ma.su.ka.

いいとは言^いえません。

我無法認同。

i.i.to.wa./i.e.ma.se.n.

そうじゃないです。

不是這樣的。

so.u.ja.na.i.de.su.

どうだろうなあ。

不是吧！

do.u.da.ro.u.na.a.

無理^{むり}です。

不可能。

mu.ri.de.su.

そうかなあ。

真是這樣嗎？

so.u.ka.na.a.

● 說明研究結果

調査に基づいて　　　根據調査
cho.u.sa.ni.mo.to.zu.i.te.

示しています　　　顯示
shi.me.shi.te.i.ma.su.

明らかに　　　顯示
a.ki.ra.ka.ni.

気づいた　　　注意到
ki.zu.i.ta.

参照　　　參考／如所見
sa.n.sho.u.

● 並列／同等關係

または
ma.ta.wa.

任一／或是

それとも
so.re.to.mo.

任一／或是

どちらも
do.chi.ra.mo.

兩者都

両方とも
ryo.u.ho.u.to.mo.

兩者都

両方
ryo.u.ho.u.

兩者

と
to.

和

および
o.yo.bi.

和

そして
so.shi.te.

和／然後

且つ
ka.tsu.

和

または
ma.ta.wa.

或者

或るいは
a.ru.i.wa.

或者

同時に
do.u.ji.ni.

同時

● 表示時間

まえ
ma.e.
之前

あと
a.to.
之後

間
a.i.da.
期間／當中

同時
do.u.ji.
同時

時点
ji.te.n.
時間點

…のとき
no.to.ki.
當…／…的時候

…の頃
no.ko.ro.
當…／…的時候

…の間
no.a.i.da.
在…期間／在…之中

● 增強語氣

間違いなく
ma.chi.ga.i.na.ku.
絕對

確かに
ta.shi.ka.ni.
的確是

明確に
me.i.ka.ku.ni.
的確是

必ず
ka.na.ra.zu.
一定是

実に
ji.tsu.ni.
的確

まさに
ma.sa.ni.
的確

きっと
ki.tto.
當然

絶対に
ze.tta.i.ni.
絕對

全く
ma.tta.ku.
絕對／完全

一つ一つ
hi.to.tsu.hi.to.tsu.
每一(強調語氣)

何しろ
na.ni.shi.ro.
無論如何

兎も角も
to.mo.ka.ku.mo.
總而言之／無論如何

兎に角 と　かく to.ni.ka.ku.	無論如何
それはそれとして so.re.wa.so.re.to.shi.te.	即使如此
実際には じっさい ji.ssa.i.ni.wa.	事實上
実は じつ ji.tsu.wa.	事實上
実を言えば じつ　　い ji.tsu.o.i.e.ba.	老實説

3

新鮮人專區

255

● 附加關係

さらに sa.ra.ni.	加之
そのうえで so.no.u.e.de.	加之
更に sa.ra.ni.	加之
併せて a.wa.se.te.	加之
且つ又 ka.tsu.ma.ta.	加之
それに so.re.ni.	加之
又 ma.ta.	加之
このほか ko.no.ho.ka.	除此之外
だけでなく da.ke.de.na.ku.	不只如此
なおいっそうの na.o.i.sso.u.no.	進一步的
加えて ku.wa.e.te.	額外的／加上
余分に yo.bu.n.ni.	額外的

同様に
どうよう
do.u.yo.u.ni.

也

特に
とく
to.ku.ni.

尤其是

再び
ふたた
fu.ta.ta.bi.

再一次

改めて
あらた
a.ra.ta.me.te.

再一次

…と一緒に
いっしょ
to.i.ssho.ni.

與…在一起

共に
とも
to.mo.ni.

一起

含む
ふく
fu.ku.mu.

包含

3
新鮮人專區

257

● 一般而言

全体的に
ze.n.ta.i.te.ki.ni.
一般而言

大体
da.i.ta.i.
一般而言

一般的に
i.ppa.n.te.ki.ni.
整體而言

特に
to.ku.ni.
特別是

平均
he.i.ki.n.
平均

一般的に言えば
i.ppa.n.de.ki.ni.i.e.ba.
一般來説

大まかに言えば
o.o.ma.ka.ni.i.e.ba.
大致説來

凡そ
o.yo.so.
通常/大體上

すべて
su.be.te.
每一/全部

いくつか
i.ku.tsu.ka.
一些

たいてい
ta.i.te.i.
大多

ほとんどの場合
ho.to.n.do.no.ba.a.i.
大多數情況下

● 回顧／回到先前議題

レビュー
re.byu.u.

回顧

再び
fu.ta.ta.bi.

再次

戻す
mo.do.su.

回到

前の議題
ma.e.no.gi.da.i.

先前的討論

続き
tsu.zu.ki.

繼續

● 發生頻率

常に tsu.ne.ni.	總是
常々 tsu.ne.zu.ne.	總是
いつも i.tsu.mo.	總是
大抵 ta.i.te.i.	慣常
頻繁に h.n.pa.n.ni.	經常
しばしば shi.ba.shi.ba.	經常
一般的に i.ppa.n.te.ki.ni.	一般而言
往々 o.u.o.u.	時常
時々 to.ki.do.ki.	有時
時おり to.ki.o.ri.	有時
めったに me.tta.ni.	很少
少ない su.ku.na.i.	很少

ほとんど ho.to.n.do.	幾乎

ほとんどない ho.to.n.do.na.i.	幾乎從不

決してない ke.sshi.te.na.i.	從不

3

新鮮人專區

● 發生可能性

必ず
ka.na.ra.zu.
絕對地

絶対
ze.tta.i.
絕對地

やっぱり
ya.ppa.ri.
果然

おそらく
o.so.ra.ku.
可能

多分
ta.bu.n.
大概

ありそうな
a.ri.so.u.na.
可能

かもしれない
ka.mo.shi.re.na.i.
可能

ひょっとすると
hyo.tto.su.ru.to.
大概

■ 書面報告

● 原因

このために ko.no.ta.me.ni.	因為
因って yo.tte.	因為
…によって ni.yo.tte.	因為…
理由 ri.yu.u.	原因
原因 ge.n.i.n.	原因
…のせいで no.se.i.de.	因為…的關係 （多用於負面）
…のために no.ta.me.ni.	因為…／為了…

● 建議／提議

提案
te.i.a.n.
提案

建議
ke.n.gi.
建議

建言
ke.n.ge.n.
建議

申し入れ
mo.u.shi.i.re.
建議

申出
mo.u.shi.de.
建議

案
a.n.
提案

勧告
ka.n.ko.ku.
忠告

忠告
chu.u.ko.ku.
忠告

お勧め
o.su.su.me.
推薦

提案する
te.i.a.n.su.ru.
提出建議

提唱者
te.i.sho.u.sha.
提倡者

説く
to.ku.
說明

● 比較

比較
ひ かく
hi.ka.ku.

相比

照らす
て
te.ra.su.

對照

同様
どうよう
do.u.yo.u.

同樣

同じ
おな
o.na.ji.

相同

同じく
おな
o.na.ji.ku.

相同的

同じ様に
おな よう
o.na.ji.yo.u.ni.

相同的

● 目的

ように yo.u.ni.	為了要
ため ta.me.	為了要
…のに no.ni.	為了…
目的 mo.ku.te.ki.	目的
目指す me.za.su.	期待／以…為目標
望み no.zo.mi.	期待

・track 130

● 評估

評価
hyo.u.ka.
評估

判断
ha.n.da.n.
判斷

可能性
ka.no.u.se.i.
可行性

具体的
gu.ta.i.te.ki.
具體的

案ずる
a.n.zu.ru.
考慮

考える
ka.n.ga.e.ru.
考量

調査
cho.u.sa.
調查

検査
ke.n.sa.
調查

最初の
sa.i.sho.no.
初步的／最早的

新鮮人專區

267

● 轉折

一方で
i.ppo.u.de.

相反的

その一方で
so.no.i.ppo.u.de.

相反的

その反面
so.no.ha.n.me.n.

相反的

逆に
gya.ku.ni.

相反的

それどころか
so.re.do.ko.ro.ka.

不但沒有，還…

却って
ka.e.tte.

反而

引換て
hi.ki.ka.e.te.

反而／相反

対照的に
ta.i.sho.u.te.ki.ni.

相對的

それにもかかわらず
so.re.ni.mo.ka.ka.wa.ra.zu.

然而／盡管如此

それでも
so.re.de.mo.

盡管如此

だからと言って
da.ka.ra.to.i.tte.

盡管如此

けれども
ke.re.do.mo.

然而

ところが to.ko.ro.ga.	然而
でも de.mo.	然而
但し ta.da.shi.	然而
代わりに ka.wa.ri.ni.	取而代之的是
その代わり so.no.ka.wa.ri.	取而代之的是
そうでなければ so.u.de.na.ke.re.ba.	否則
或いは a.ru.i.wa.	或是
若しくは mo.shi.ku.wa.	或是
…ほうがましだ ho.u.ga.ma.shi.da.	倒不如…
あいにく a.i.ni.ku.	不幸地／不巧
…でない限り de.na.i.ka.gi.ri.	除非…
もしでなければ mo.shi.de.na.ke.re.ba.	若非

● 討論

議論
gi.ro.n.
討論

論じる
ro.n.ji.ru.
討論

話し合う
ha.na.shi.a.u.
討論

さらなる議論
sa.ra.na.ru.gi.ro.n.
進一步討論

コメントをする
ko.me.n.to.o.su.ru.
作一些評論／提出看法

前述したように
ze.n.ju.tsu.shi.ta.yo.u.ni.
如同先前提到的

後で
a.to.de.
等一下再説

後ほど
no.chi.ho.do.
以後

述べる
no.be.ru.
論述

言い及ぶ
i.i.o.yo.bu.
提到／説起

● 舉例

例えば
ta.to.e.ba.

舉例來説／譬如説

仮に
ka.ri.ni.

舉例來説／譬如説

など
na.do.

像是…（舉例）

とか
to.ka.

像是…（舉例）

例を挙げる
re.i.o.a.ge.ru.

舉例

…のような
no.yo.u.na.

像…

…みたい
mi.ta.i.

像…

---

3 新鮮人專區

271

● 總結／歸納

要約
yo.u.ya.ku.
總結

要するに
yo.u.su.ru.ni.
簡言之／總之

その結果
so.no.ke.kka.
結果

結論
ke.tsu.ro.n.
結果

つまり
tsu.ma.ri.
簡言之

従って
shi.ta.ga.tte.
因而

故に
yu.e.ni.
因此

全体的に
ze.n.ta.i.te.ki.
整體而言

結果として
ke.kka.to.shi.te.
結果／所以／因而

挙句
a.ge.ku.
結果

決断
ke.tsu.da.n.
決定

結果
ke.kka.
決策／結果

決定 ke.tte.i.	決定
決意 ke.tsu.i.	決定
決議 ke.tsu.gi.	決議
決着 ke.ccha.ku.	決定
最終確認 sa.i.shu.u.ka.ku.ni.n.	最後確認
望む no.zo.mu.	希望…
楽しむ ta.no.shi.mu.	樂見
返事 he.n.ji.	回覆

3 新鮮人專區

273

● 重申／進一步說明

によって...
ni.yo.tte.
套用…的話説

つまり
tsu.ma.ri.
換句話説

別の言い方をすれば
be.tsu.no.i.i.ka.ta.o.su.re.ba.
換句話説

即ち
su.na.wa.chi.
那就是

というのは
to.i.u.no.wa.
亦即

というか
to.i.u.ka.
更確切的説

詳しい
ku.wa.shi.i.
詳細

■ 應徵面試

● 履歷表內容

履歴書
ri.re.ki.sho.
履歷表

氏名
shi.me.i.
姓名

振り仮名
fu.ri.ga.na.
拼音

写真添付
sha.shi.n.te.n.pu.
附照片

生年月日
se.i.ne.n.ga.ppi.
出生年月日

満…歳
ma.n./sa.i.
滿…歲

写真
sha.shi.n.
照片

横
yo.ko.
（照片的）寬

縦
ta.te.
（照片的）長

現住所
ge.n.ju.u.sho.
現居地

電話
de.n.wa.
電話

れんらくさき **連絡先** re.ra.ku.sa.ki.	聯絡地址／聯絡電話
がくれき **学歴** ga.ku.re.ki.	學歷
しょくれき **職歴** sho.ku.re.ki.	工作經驗
めんきょ **免許** me.n.kyo.	證書／執照
しかく **資格** shi.ka.ku.	專業證照
しぼう どうき **志望の動機** shi.bo.u.no.do.u.ki.	求職的動機
とくぎ **特技** to.ku.gi.	特長
す がっか **好きな学科** su.ki.na.ga.kka.	喜歡的科目
アピールポイント a.pi.i.ru.po.i.n.to.	長處
じこ **自己 PR** ji.ko.pi.a.ru.	自我推銷
じこ **自己アピール** ji.ko.a.pi.i.ru.	自我推銷
つうきんじかん **通勤時間** tsu.u.ki.n.ji.ka.n.	通勤時間
ふようかぞくすう **扶養家族数** fu.yo.u.ka.zo.ku.su.u.	扶養人數

配偶者
ha.i.gu.u.sha.

配偶

健康状態
ke.n.ko.u.jo.u.ta.i.

健康狀態

本人希望記入欄
ho.n.ni.n.ki.bo.u.ki.nyu.u.ra.n.

期望填入處

給料
kyu.u.ryo.u.

薪水

職種
sho.ku.shu.

工作職稱／工作類別
／職務

勤務時間
ki.n.mu.ji.ka.n.

上班時間

勤務地
ki.n.mu.chi.

上班地點

その他
so.no.ta.

其他

● 求職用語

就職情報サイト
shu.u.sho.ku.jo.u.ho.u.sa.i.to.
求職網站

自己分析
ji.ko.bu.n.se.ki.
自我分析

インターンシップ
i.n.ta.a.n.shi.ppu.
實習

業界研究
gyo.u.ka.i.ke.n.kyu.u.
業界研究／認識業界

職種研究
sho.ku.shu.ke.n.kyu.u.
工作內容研究／
職務研究

企業研究
ki.gyo.u.ke.n.kyu.u.
企業研究

キャリアセンター
kya.ri.a.se.n.ta.a.
學校協助就業的單位

就職課
shu.u.sho.ku.ka.
學校協助就業的單位

就職ガイダンス
shu.u.sho.ku.ga.i.da.n.su.
求職輔導

オープンセミナー
o.o.pu.n.se.mi.na.a.
企業所辦的公開說明會

企業サイト
ki.gyo.u.sa.i.to.
企業網站

学内セミナー
ga.ku.na.i.se.mi.na.a.
校園說明會

書類選考
しょるいせんこう
sho.ru.i.se.n.ko.u.

書面審核

会社説明会
かいしゃせつめいかい
ka.i.sha.se.tsu.me.i.ka.i.

企業説明會

企業セミナー
きぎょう
ki.gyo.u.se.mi.na.a.

企業説明會

合同会社説明会
ごうどうがいしゃせつめいかい
go.u.do.u.ga.i.sha.se.tsu.me.i.ka.i.

企業聯合說明會

合同企業セミナー
ごうどうきぎょう
go.u.do.u.ki.gyo.u.se.mi.na.a.

企業聯合說明會

エントリーシート
e.n.to.ri.i.shi.i.to.

面試時填的簡歷／履歷

OB ／ OG 訪問
ほうもん
o.b.o.g.ho.u.mo.n.

詢問學長／學姊

筆記試験
ひっきしけん
hi.kki.shi.ke.n.

筆試

適性検査
てきせいけんさ
te.ki.se.i.ke.n.sa.

性向測驗

模擬面接
もぎめんせつ
mo.gi.me.n.se.tsu.

模擬面試

会社訪問
かいしゃほうもん
ka.i.sha.ho.u.mo.n.

至企業拜訪／
至企業參觀

面接
めんせつ
me.n.se.tsu.

面試

集団面接
しゅうだんめんせつ
shu.u.da.n.me.n.se.tsu.

集體面試

● track 137

グループ面接
gu.ru.u.pu.me.n.se.tsu.

集體面試

圧迫面接
a.ppa.ku.me.n.se.tsu.

嚴格的面試

内定

na.i.te.i.

尚未畢業但已企業錄
用，畢業後即可進該公
司工作。

新入社員研修
shi.n.nyu.u.sha.i.n.ke.n.shu.u.

新人訓練

● 自我推薦用語

<ruby>前職<rt>ぜんしょく</rt></ruby> ze.n.sho.ku.	前一份工作
<ruby>営業<rt>えいぎょう</rt></ruby>スタッフ e.i.gyo.u.su.ta.ffu.	業務人員
<ruby>長期<rt>ちょうき</rt></ruby>にわたり cho.u.ki.ni.wa.ta.ri.	長期以來
<ruby>信頼関係<rt>しんらいかんけい</rt></ruby> shi.n.ra.i.ka.n.ke.i.	信賴關係
<ruby>貴社<rt>きしゃ</rt></ruby> ki.sha.	貴公司
<ruby>関係<rt>かんけい</rt></ruby>を<ruby>築<rt>きず</rt></ruby>く ka.n.ke.i.o.ki.zu.ku.	建立關係
<ruby>必要<rt>ひつよう</rt></ruby> hi.tsu.yo.u.	必要
<ruby>応募<rt>おうぼ</rt></ruby>いたしました o.u.bo.i.ta.shi.ma.shi.ta.	前來應徵
<ruby>現職<rt>げんしょく</rt></ruby> ge.n.sho.ku.	現在的工作
<ruby>開発<rt>かいはつ</rt></ruby> ka.i.ha.tsu.	開發
<ruby>最適<rt>さいてき</rt></ruby>のポジション sa.i.te.ki.no.po.ji.sho.n.	最適合的職位
ルーチンワーク ru.u.chi.n.wa.a.ku.	例行工作

3 新鮮人專區

傾向 けいこう
ke.i.ko.u.　　　　　傾向

積極的 せっきょくてき
se.kkyo.ku.te.ki.　　積極

身につけてきた み
mi.ni.tsu.ke.te.ki.ta.　具備／養成
　　　　　　　　　　（某種能力）

知識 ちしき
chi.shi.ki.　　　　　知識

スキル
su.ki.ru.　　　　　　技術

挑戦したい ちょうせん
cho.u.se.n.shi.ta.i.　想挑戰

志望 しぼう
shi.bo.u.　　　　　　志願

深い興味 ふか　きょうみ
fu.ka.i.kyo.u.mi.　　深感興趣

経験を活かす けいけん　い
ka.i.ke.n.o.i.ka.su.　利用經用

資格取得 しかくしゅとく
shi.ka.ku.shu.to.ku.　取得證照

貢献 こうけん
ko.u.ke.n.　　　　　貢獻

よりいっそう活躍できる かつやく　可以更活躍
yo.ri.i.sso.u.ka.tsu.ya.ku.de.ki.ru.

確信 かくしん
ka.ku.shi.n.　　　　確信

● 教育背景

学歴
がくれき
ga.ku.re.ki.

學歷

最高学歴
さいこうがくれき
sa.i.ko.u.ga.ku.re.ki.

最高學歷

大学院卒
だいがくいんそつ
da.i.ga.ku.i.n.so.tsu.

研究所畢業

大学卒
だいがくそつ
da.i.ga.ku.so.tsu.

大學畢業

高卒
こうそつ
ko.u.so.tsu.

高中畢業

専門学校
せんもんがっこう
se.n.mo.n.ga.kko.u.

職業學校

中学校
ちゅうがっこう
chu.u.ga.kko.u.

中學

高校
こうこう
ko.u.ko.u.

高中

大学
だいがく
da.i.ga.ku.

大學

専攻科目
せんこうかもく
se.n.ko.u.ka.mo.ku.

主修

メジャー
me.ja.a.

主修

卒業年
そつぎょうねん
so.tsu.gyo.u.ne.n.

畢業年度

3
新鮮人專區

283

在籍期間 ざいせききかん za.i.se.ki.ki.ka.n.	修業年限
浪人生活 ろうにんせいかつ ro.u.ni.n.se.i.ka.tsu.	重考生活
一浪 いちろう i.chi.ro.u.	重考一年
宅浪 たくろう ta.ku.ro.u.	在家準備重考，不補習
独学 どくがく do.ku.ga.ku.	靠自己的力量學習， 不找老師

● 專長／能力

うまい u.ma.i.	善於
上手 じょうず jo.u.zu.	善於
得意 とくい to.ku.i.	擅長於

● 推薦

推薦　　　　　　推薦
su.i.se.n.

推薦者　　　　　　推薦人
su.i.se.n.sha

推薦書　　　　　　推薦函
su.i.se.n.sho.

● 工作經歷

経験 け.い.け.ん. ke.i.ke.n.	經歷／經驗
職歴 しょくれき sho.ku.re.ki.	職業經歷
肩書き かたがき ka.ta.ga.ki.	職位
雇用者 こようしゃ ko.yo.u.sha.	雇主
期間 きかん ki.ka.n.	期間
経験期間 けいけんきかん ke.i.ke.n.ki.ka.n.	服務期間
勤務先業種 きんむさきぎょうしゅ ki.n.mu.sa.ki.gyo.u.shu.	任職公司的業別
勤務先資本金 きんむさきしほんきん ki.n.mu.sa.ki.shi.ho.n.ki.n.	任職公司的資本額
勤務先従業員数 きんむさきじゅうぎょういんすう ki.n.mu.sa.ki.ju.u.gyo.u.i.n.su.u.	任職公司的員工數
経験職種 けいけんしょくしゅ ke.i.ke.n.sho.ku.shu.	曾做過的業別
雇用形態 こようけいたい ko.yo.u.ke.i.ta.i.	雇用方式 （正職或約聘等）
年収実績 ねんしゅうじっせき ne.n.shu.u.ji.sse.ki.	年收入

業務上のポジション　職務
gyo.u.mu.jo.u.no.po.ji.sho.n.

担当業務　負責的工作
ta.n.to.u.gyo.u.mu.

職務内容　工作內容
sho.ku.mu.na.i.yo.u.

主な実績　顯著的功績
o.mo.na.ji.sse.ki.

トピック　主題
to.pi.kku.

転職理由　換業種的理由
te.n.sho.ku.ri.yu.u.

国有企業　公營企業
ko.ku.yu.u.ki.gyo.u.

民間企業　私人企業
mi.n.ka.n.ki.gyo.u.

合弁会社　合資企業
go.u.be.n.ga.i.sha.

外資企業　國際公司
ga.i.shi.ki.gyo.u.

NGO／非政府組織　非政府組織
hi.se.i.fu.so.shi.ki.

入社　進入公司
nyu.u.sha.

一身上の都合により
i.sshi.n.jo.u.no.tsu.go.u.ni.yo.ri.

因個人因素(用於説明離職原因)

退社
ta.i.sha.

離職

現在に至る
ge.n.za.i.ni.i.ta.ru.

至今

現在も就業中
ge.n.za.i.mo.shu.u.gyo.u.chu.u.

現在仍在職

社内での表彰
sha.na.i.de.no.hyo.u.sho.u.

自己公司的表揚

勤務先会社名
ki.n.mu.sa.ki.ka.i.sha.me.i.

任職公司名稱

● 工作職掌

業務上のポジション
gyo.u.mu.jo.u.no.po.ji.sho.n.
工作上的職位／工作上擔任的角色

担当業務
ta.n.to.u.gyo.u.mu.
負責的工作

職務内容
sho.ku.mu.na.i.yo.u.
工作內容

主な実績
o.mo.na.ji.sse.ki.
重大表現

担当
ta.n.to.u.
管理

任命
ni.n.me.i.
任命

マネジメント経験
ma.ne.ji.me.n.to.ke.i.ke.n.
管理經驗

管理職
ka.n.ri.sho.ku.
管理職

異動
i.do.u.
調動

担当地域
ta.n.to.u.chi.i.ki.
負責地區

営業実績
e.i.gyo.u.ji.sse.ki.
業務成績／工作表現

海外研修
ka.i.ga.i.ke.n.shu.u.
國外研習

達成事項
ta.sse.i.ji.ko.u.

完成的目標／
完成的事項

配属部署
ha.i.zo.ku.bu.sho.

領導的部下

雇用元企業
ko.yo.u.mo.to.ki.gyo.u.

原任職的公司

● 行業類別

軽工業
ke.i.ko.u.gyo.u.

軽工業

電力業
de.n.ryo.ku.gyo.u.

電力工業

自動車業
ji.do.u.sha.gyo.u.ka.i.

汽車工業

ファッション業
fa.ssho.n.gyo.u.

流行界

アパレル業界
a.pa.re.ru.gyo.u.ka.i.

服裝界

建設業
ke.n.se.tsu.gyo.u.

建築工業

化学工業
ka.ga.ku.ko.u.gyo.u.

化學工業

食品産業
sho.ku.hi.n.sa.n.gyo.u.

食品工業

石油業
se.ki.yu.gyo.u.

石油工業

保険業
ho.ke.n.gyo.u.

保險業

通信業
tsu.u.shi.n.gyo.u.

通訊業

電子産業
de.n.shi.sa.n.gyo.u.

電子業

● track 143

金属工業 <small>きんぞくこうぎょう</small>　　　　鋼鐵工業
ki.n.zo.ku.ko.u.gyo.u.

鉱業 <small>こうぎょう</small>　　　　礦業
ko.u.gyo.u.

農業 <small>のうぎょう</small>　　　　農業
no.u.gyo.u.

林業 <small>りんぎょう</small>　　　　林業
ri.n.gyo.u.

漁業 <small>ぎょぎょう</small>　　　　漁業
gyo.gyo.u.

採石業、砂利採取業 <small>さいせきぎょう じゃりさいしゅぎょう</small>　砂石業
sa.i.se.ki.gyo.u./ja.ri.sa.i.shu.gyo.u.

製造業 <small>せいぞうぎょう</small>　　　　製造業
se.i.zo.u.gyo.u.

運輸業 <small>うんゆぎょう</small>　　　　運輸業
u.n.yu.gyo.u.

郵便業 <small>ゆうびんぎょう</small>　　　　郵政業
yu.u.bi.n.gyo.u.

卸売業 <small>おろしうりぎょう</small>　　　　批發業
o.ro.shi.u.ri.gyo.u.

小売業 <small>こうりぎょう</small>　　　　零售業
ko.u.ri.gyo.u.

金融業 <small>きんゆうぎょう</small>　　　　金融業
ki.n.yu.u.gyo.u.

不動産業 <small>ふどうさんぎょう</small>　　　　不動産業
fu.do.u.sa.n.gyo.u.

物品賃貸業
ぶっぴんちんたいぎょう
bu.ppi.n.chi.n.ta.i.gyo.u.

借貸業

学術研究
がくじゅつけんきゅう
ga.ku.ju.tsu.ke.n.kyu.u.

學術工作

専門、技術サービス業
せんもん　ぎじゅつ
se.n.mo.n./gi.ju.tsu.sa.a.bi.su.gyo.u.

技術服務業

宿泊業
しゅくはくぎょう
shu.ku.ha.ku.gyo.u.

旅館業

飲食店
いんしょくてん
i.n.sho.ku.te.n.

餐飲業

生活関連サービス業
せいかつかんれん
se.i.ka.tsu.ka.n.re.n.sa.a.bi.su.gyo.u.

生活服務業

娯楽業
ごらくぎょう
go.ra.ku.gyo.u.

娯樂業

教育、学習支援業
きょういく　がくしゅうしえんぎょう
kyo.u.i.ku./ga.ku.shu.u.shi.e.n.gyo.u.

教育業

医療、福祉
いりょう　ふくし
i.ryo.u./fu.ku.shi.

醫療、福祉

3 新鮮人專區

■ 不同職缺常用單字

● 發明

デザイン de.za.i.n.	設計
開発 ka.i.ha.tsu.	開發
発揮 ha.kki.	發揮
考案 ko.u.a.n.	設計
発明 ha.tsu.me.i.	發明
発信 ha.ssh.n.	創始
インスピレーション i.n.su.pi.re.e.sho.n.	受啟發的
作り出す tsu.ku.ri.da.su.	發明
考え出す ka.n.ga.e.da.su.	想出

● 研究調査

調査
ちょうさ
cho.u.sa. 　　　　調査／研究

研究
けんきゅう
ke.n.kyu.u. 　　　　研究

検討
けんとう
ke.n.to.u. 　　　　檢討／討論

試験
しけん
shi.ke.n. 　　　　試驗

テスト
te.su.to. 　　　　檢驗

確認
かくにん
ka.ku.ni.n. 　　　　證實

検証
けんしょう
ke.n.sho.u. 　　　　證明

評価
ひょうか
hyo.u.ka. 　　　　評估

統合
とうごう
to.u.go.u. 　　　　統合

作用
さよう
sa.yo.u. 　　　　採用

権利
けんり
ke.n.ri. 　　　　專利

著作権
ちょさくけん
cho.sa.ku.ke.n. 　　　　著作權

はんけん
版權　　　　　　　　　版權
ha.n.ke.n.

しょうひょうとうろく
商標登録　　　　　　　專利登記
sho.u.hyo.u.to.u.ro.ku.

● 維修

維持
い じ
i.ji.

保持

保つ
たも
ta.mo.tsu.

保持

メンテナンス
me.n.te.na.n.su.

維修

修理
しゅう り
syu.u.ri.

修復

修復
しゅうふく
shu.u.fu.ku.

修補

修繕
しゅうぜん
shu.u.ze.n.

修復

直し
なお
na.o.shi.

修理

標準
ひょうじゅん
hyo.u.ju.n.

標準

基準
きじゅん
ki.ju.n.

規格

● 業務

こうしょう **交渉** ko.u.sho.u.	談判
こうぎょう **功業** ko.u.gyo.u.	功勳
じせき **事績** ji.se.ki.	功績
さくせい **作成する** sa.ku.se.i.su.ru.	創造
レベル re.be.ru.	水準
か い **甲斐** ka.i.	價值／成果
じつげん **実現する** ji.tsu.ge.n.	了解／實現
は **果たす** ha.ta.su.	實現
もくひょう **目標** mo.ku.hyo.u.	目標
ターゲット ta.a.ge.tto.	目標
たいしょう **対象** ta.i.sho.u.	目標／對象
しじょう **市場** shi.jo.u.	市場

● 行銷

プロモート
pu.ro.mo.o.to.
促銷

売り込み
u.ri.ko.mi.
推銷

見せる
mi.se.ru.
表明

示す
shi.me.su.
顯示

回復
ka.i.fu.ku.
恢復

取り戻す
to.ri.mo.do.su.
彌補

統合
to.u.go.u.
合併／匯總／統合

再整備
sa.i.se.i.bi.
重新整頓

短縮
ta.n.shu.ku.
縮短

伸ばす
no.ba.su.
延長

● 績效數字

ダブル da.bu.ru.	加倍／翻一倍
倍増 ba.i.zo.u.	倍增
倍加 ba.i.ka.	倍增
増加 zo.u.ka.	增加
増進 zo.u.shi.n.	增進
削減 sa.ku.ge.n.	減少／降低
減少 ge.n.sho.u.	減少
減らす he.ra.su.	減少
軽減 ke.i.ge.n.	稍微減少
広げる hi.ro.ge.ru.	擴大
利益 ri.e.ki.	利潤
利潤 ri.ju.n.	利潤

儲け mo.u.ke.	利潤／收入
コスト ko.su.to.	成本
出費 shu.ppi.	費用
稼ぐ ka.se.gu.	賺取／獲得
分析 bu.n.se.ki.	分析
合計 go.u.ke.i.	總數／總額
達する ta.ssu.ru.	達到
上げる a.ge.ru.	提高

3

新鮮人專區

● 製造

製造
せいぞう
se.i.zo.u.　　　　　　　　　　製造

生産
せいさん
se.i.sa.n.　　　　　　　　　　製造

製作
せいさく
se.i.sa.ku.　　　　　　　　　製作

素材
そざい
so.za.i.　　　　　　　　　　　材料

材料
ざいりょう
za.i.ryo.u.　　　　　　　　　原料

操作
そうさ
so.u.sa.　　　　　　　　　　操作(機器等)

● 輔助協辦

入力
にゅうりょく
nyu.u.ryo.ku.
打字

催す
もよお
mo.yo.o.su.
舉辦

主催
しゅさい
shu.sa.i.
主辦

強化
きょうか
kyo.u.ka.
加強／鞏固

翻訳
ほんやく
ho.n.ya.ku.
翻譯

訳す
やく
ya.ku.su.
翻譯

● 問題解決

解決 か.い.け.つ ka.i.ke.tsu.	解決
解く と.く to.ku.	解決
解決する か.い.け.つ.す.る ka.i.ke.tsu.su.ru.	解決
片付ける か.た.づ.け.る ka.ta.zu.ke.ru.	解決／整理
済ます す.ま.す su.ma.su.	解決／完成
苦情 く.じょ.う ku.jo.u.	抱怨
文句 も.ん.く mo.n.ku.	抱怨
クレーム ku.re.e.mu.	抱怨

● 管理

指揮する し き shi.ki.su.ru.	指導
指導 し どう shi.do.u.	指導
排除 はい じょ ha.i.jo.	消除
管理 か ん り ka.n.ri.	管理
経営 けい えい ke.i.e.i.	經營
技術革新 ぎ じゅつ かく しん gi.ju.tsu.ka.ku.shi.n.	改革/革新
革新 かく しん ka.ku.shi.n.	改革
一新 いっ しん i.sshi.n.	有所改變/改革
再建 さい けん sa.i.ke.n.	重建
是正 ぜ せい ze.se.i.	整頓/改正
率いる ひき hi.ki.i.ru.	領導
先導 せん どう se.n.do.u.	領導

305

先頭 せんとう se.n.to.u.	領導
合理化 ごうりか go.u.ri.ka.	合理化
体系化 たいけいか ta.i.ke.i.ka.	使系統化
定例 ていれい te.i.re.i.	定常性
近代化 きんだいか ki.n.da.i.ka.	現代化
簡素化 かんそか ka.n.so.ka.	簡化
監督 かんとく ka.n.to.ku.	監督
認識 にんしき ni.n.shi.ki.	認清
影響力 えいきょうりょく e.i.kyo.u.ryo.ku.	影響
影響 えいきょう e.i.kyo.u.	影響力
権力 けんりょく ke.n.ryo.ku.	力量／權力
コントロール ko.n.to.ro.o.ru.	控制
支配 しはい shi.ha.i.	支配

重要
ju.u.yo.u.

意義重大的

重大
ju.u.da.i.

影響重大的

改善
ka.i.ze.n.

改進

改良
ka.i.ryo.u.

提高

規制
ki.se.i.

控制

拍車を掛ける
ha.ku.sha.o.ka.ke.ru.

加快

促進
so.ku.shi.n.

促進

公認された
ko.u.ni.n.sa.re.ta.

委任的

承認
sho.u.ni.n.

核准的

● 企業組織結構

企業
ki.gyo.u.

企業

組織
so.shi.ki.

組織

築き上げる
ki.zu.ki.a.ge.ru.

建立

作る
tsu.ku.ru.

製作／成立

拡大
ka.ku.da.i.

擴張

投資
to.u.shi.

投資

設立
se.tsu.ri.tsu.

創立

登録
to.u.ro.ku.

註冊

着手
cha.ku.shu.

開辦／開始

正当
se.i.to.u.

經證明的

合法
go.u.ho.u.

合法化

商社
ho.u.sha.

公司

大企業
だいきぎょう
da.i.ki.gyo.u.

大企業

商会
しょうかい
sho.u.ka.i.

公司

財閥
ざいばつ
za.i.ba.tsu.

傳統大財團

法人
ほうじん
ho.u.ji.n.

法人

グループ
gu.ru.u.pu.

團體／事業體

会社
かいしゃ
ka.i.sha.

公司

株式会社
かぶしきがいしゃ
ka.bu.shi.ki.ga.i.sha.

股份有限公司

企業連合
きぎょうれんごう
ki.gyo.u.re.n.go.u.

聯合企業組織

■ 校園稱謂

● 師長

<ruby>総長<rt>そうちょう</rt></ruby> so.u.cho.u.	多所學校的總校長
<ruby>園長<rt>えんちょう</rt></ruby> e.n.cho.u.	幼稚園園長
<ruby>学長<rt>がくちょう</rt></ruby> ga.ku.cho.u.	大學校長
<ruby>校長<rt>こうちょう</rt></ruby> ko.u.cho.u.	校長（國小、中學、高中）
<ruby>副校長<rt>ふくこうちょう</rt></ruby> fu.ku.ko.u.cho.u.	副校長
<ruby>副園長<rt>ふくえんちょう</rt></ruby> fu.ku.e.n.cho.u.	副園長
<ruby>副学長<rt>ふくがくちょう</rt></ruby> fu.ku.ga.ku.cho.u.	大學副校長
<ruby>教頭<rt>きょうとう</rt></ruby> kyo.u.to.u.	教務主任（小學、中學、高中）
<ruby>学部長<rt>がくぶちょう</rt></ruby> ga.ku.bu.cho.u.	大學教務長
<ruby>短期大学部長<rt>たんきだいがくぶちょう</rt></ruby> ta.n.ki.da.i.ga.ku.bu.cho.u.	短大教務長
<ruby>学科長<rt>がっかちょう</rt></ruby> ga.kka.cho.u.	系主任

課程長
ka.te.i.cho.u.

大學中負責課程等
校務者

主任
shu.ni.n.

主任

主事
shu.ji.

主任

教員
kyo.u.i.n.

從事教職者

事務職員
ji.mu.sho.ku.i.n.

學校職員

学校事務職員
ga.kko.u.ji.mu.sho.ku.i.n.

學校職員（大學除外）

大学事務職員
da.i.ga.ku.ji.mu.sho.ku.i.n.

大學職員

技術職員
gi.ju.tsu.sho.ku.i.n.

修理各項軟硬體的職員

寄宿舎指導員
ki.shu.ku.sha.shi.do.u.i.n.

舍監

学校栄養職員
ga.ko.u.e.i.yo.u.sho.ku.i.n.

營養師

学校医
ga.kko.u.i.

校醫

学校歯科医
ga.kko.u.shi.ka.i.

駐校牙醫

学校薬剤師
ga.kko.u.ya.ku.za.i.shi.

駐校藥劑師

ちょうりし
調理師
cho.u.ri.shi.
廚師（煮營養午餐等）

スクールカウンセラー
su.ku.u.ru.ka.u.n.se.ra.a.
學校心理輔導員

カウンセラー
ka.u.n.se.ra.a.
輔導老師

きょうゆ
教諭
kyo.u.yu.
老師／專任老師

じょきょうゆ
助教諭
jo.kyo.u.yu.
臨時教師

こうし
講師
ko.u.shi.
講師

じょうきんこうし
常勤講師
jo.u.ki.n.ko.u.shi.
正式講師

ひじょうきんこうし
非常勤講師
hi.jo.u.ki.n.ko.u.shi.
約聘講師

きょうじゅ
教授
kyo.u.ju.
教授

じゅんきょうじゅ
准教授
ju.n.kyo.u.ju.
副教授

じょしゅ
助手
jo.shu.
助理

せんせい
先生
se.n.se.i.
老師

きょうし
教師
kyo.u.shi.
老師

● 其他人員

秘書
hi.sho.

秘書

職員
sho.ku.i.n.

職員

用務員
yo.u.mu.i.n.

工友

契約社員
ke.i.ya.ku.sha.i.n.

約聘人員

ボランティア
bo.ra.n.ti.a.

志工

● 學生

学生
ga.ku.se.i.
學生

母校
bo.ko.u.
母校

卒業生
so.tsu.gyo.u.se.i.
校友

校友
ko.u.yu.u.
校友

OB
o.b.
男校友

OG
o.g.
女校友

新入生
shi.n.nyu.u.se.i.
大一新生

先輩
se.n.ba.i.
學長姐／前輩

後輩
ko.u.ha.i.
學弟妹／後輩

転校生
te.n.ko.u.se.i.
轉學生

聴講生
cho.u.ko.u.se.i.
旁聽生（沒有學分或考
試費用與正式生相同）

もぐりの学生
mo.gu.ri.no.ga.ku.se.i.
旁聽生

交換留学生　　　　　　交換留學生
ko.u.ka.n.ryu.u.ga.ku.se.i.

交換学生　　　　　　　交換學生
ko.u.ka.n.ga.ku.se.i.

日間部の学生　　　　　日間部學生
ni.chi.ka.n.bu.no.ga.ku.se.i.

二部の学生　　　　　　夜間部學生
ni.bu.no.ga.ku.se.i.

夜間部の学生　　　　　夜間部學生
ya.ka.n.bu.no.ga.ku.se.i.

アルバイト学生　　　　半公半讀的學生
a.ru.ba.i.to.ga.ku.se.i.

外国人留学生　　　　　國際學生
ga.i.ko.ku.ji.n.ryu.u.ga.ku.se.i.

■ 學校制度

● 考試及作業

宿題
しゅくだい
shu.ku.da.i.

作業

小論文
しょうろんぶん
sho.u.ro.n.bu.n.

短篇作文

論文
ろんぶん
ro.n.bu.n.

論文

試験
しけん
shi.ke.n.

考試

中学入試
ちゅうがくにゅうし
shu.u.ga.ku.nyu.u.shi.

中學入學考試

高校受験
こうこうじゅけん
ko.u.ko.u.ju.ke.n.

高中入學考試

大学受験
だいがくじゅけん
da.i.ga.ku.ju.ke.n.

大學入學考試

大学入試センター試験
だいがくにゅうし　　　　しけん
da.i.ga.ku.nyu.u.shi.se.n.ta.a.shi.ke.n.

大學入學考試

抜き打ちテスト
ぬ　　う
nu.ki.u.chi.te.su.to.

抽考

教科書参照可
きょうかしょさんしょうか
kyo.u.ka.sho.sa.n.sho.u.ka.

開書考試

中間試験
ちゅうかんしけん
chu.u.ka.n.shi.ke.n.

期中考

期末試験 ki.ma.tsu.shi.ke.n.	期末考
模擬試験 mo.gi.shi.ke.n.	模擬考
実力テスト ji.tsu.ryo.ku.te.su.to.	實力測驗(類似模擬考)
学力テスト ga.ku.ryo.ku.te.su.to.	學力測驗(類似模擬考)
期末 ki.ma.tsu.	期末
口頭試問 ko.u.to.u.shi.mo.n.	口試
口述試験 ko.u.ju.tsu.shi.ke.n.	口試
口頭試験 ko.u.to.u.shi.ke.n.	口試
成績証明書 se.i.se.ki.sho.u.me.i.sho.	成績單
成績表 se.i.se.ki.hyo.u.	成績單
不合格 fu.go.u.ka.ku.	不及格
研究計画 ke.n.kyu.u.ke.i.ka.ku.	讀書計畫

3 新鮮人專區

● 畢業學位

卒業式
そつぎょうしき
so.tsu.gyo.u.shi.ki.
畢業典禮

卒業証書
そつぎょうしょうしょ
so.tsu.gyo.u.sho.u.sho.
文憑

学位
がくい
ga.ku.i.
學位

学士
がくし
ga.ku.shi.
學士

修士
しゅうし
shu.u.shi.
碩士

博士
はかせ
ha.ka.se.
博士

準学位
じゅんがくい
ju.n.ga.ku.i.
副學士學位

学士学位
がくしがくい
ga.ku.shi.ga.ku.i.
學士學位

第一専門職学位
だいいちせんもんしょくがくい
da.i.i.chi.se.n.mo.n.sho.ku.ga.ku.i.
初級專業學位

理学士
りがくし
ri.ga.ku.shi.
理學士

医学士
いがくし
i.ga.ku.shi.
醫學士

法学士
ほうがくし
ho.u.ga.ku.shi.
法學士

修士学位
しゅうしがくい
shu.u.shi.ga.ku.i.

碩士學位

文学修士
ぶんがくしゅうし
bu.n.ga.ku.shu.u.shi.

文學碩士

理学修士
りがくしゅうし
ri.ga.ku.shu.u.shi.

科學碩士

経営学修士
けいえいがくしゅうし
ke.i.e.i.ga.ku.shu.u.shi.

企管碩士

法学修士
ほうがくしゅうし
ho.u.ga.ku.shu.u.shi.

法學碩士

教育学修士
きょういくがくしゅうし
kyo.u.i.ku.ga.ku.shu.u.shi.

教育碩士

博士学位
はかせがくい
ha.ka.se.ga.ku.i.

博士學位

哲学博士
てつがくはかせ
te.tsu.ga.ku.ha.ka.se.

哲學博士

法務博士
ほうむはかせ
ho.u.mu.ha.ka.se.

法學博士

教育学博士
きょういくがくはかせ
kyo.u.i.ku.ga.ku.ha.ka.se.

教育博士

理学博士
りがくはかせ
ri.ga.ku.ha.ka.se.

科學博士

● 教育機構

学年
がくねん
ga.ku.ne.n.
學年

学期
がっき
ga.kki.
學期

幼児教育
ようじきょういく
yo.u.ji.kyo.u.i.ku.
幼兒教育

家庭保育
かていほいく
ka.te.i.ho.i.ku.
家庭托兒所

託児所
たくじしょ
ta.ku.ji.jo.
托兒所

保育所
ほいくじょ
ho.i.ku.sho.
學前班（類似托兒所）

保育園
ほいくえん
ho.i.ku.e.n.
學前班（類似托兒所）

幼稚園
ようちえん
yo.u.chi.e.n.
幼稚園

初等教育
しょとうきょういく
sho.to.u.kyo.u.i.ku.
初等教育

小学校
しょうがっこう
sho.u.ga.kko.u.
國小

中等教育
ちゅうとうきょういく
chu.u.to.u.kyo.u.i.ku.
中等教育

中学校
ちゅうがっこう
chu.u.ga.kko.u.
中學／國中

ちゅうがく **中学** chu.u.ga.ku.	中學／國中
こうとうがっこう **高等学校** ko.u.to.u.ga.kko.u.	高中
こうこう **高校** ko.u.ko.u.	高中
こうとうきょういく **高等教育** ko.u.to.u.kyo.u.i.ku.	高等教育
せいじんきょういく **成人教育** se.i.ji.n.kyo.u.i.ku.	成人教育
たんきだいがく **短期大学** ta.n.ki.da.i.ga.ku.	短期大學
たんだい **短大** ta.n.da.i.	短期大學
ねんせいだいがく **2年制大学** ni.ne.n.se.i.da.i.ga.ku.	兩年制大學
ねんせいだいがく **4年制大学** yo.ne.n.se.i.da.i.ga.ku.	四年制大學
だいがく **大学** da.i.ga.ku.	大學
がくいん **学院** ga.ku.i.n.	學院
せんもんがっこう **専門学校** se.n.mo.n.ga.kko.u.	專業學校

がくぶがくせい
学部学生　　　　　　大學部學生
ga.ku.bu.ga.ku.se.i.

- -

だいがくいん
大学院　　　　　　研究所
da.i.ga.ku.i.n.

- -

● 留學考試

留学試験
りゅうがくしけん
ryu.u.ga.ku.shi.ke.n.

留學考試

日本留学試験
にほんりゅうがくしけん
ni.ho.n.ryu.u.ga.ku.shi.ke.n.

日本留學考試

TOEFL／トーフル
to.o.fu.ru.

托福考試

IELTS／アイエルツ
a.i.e.ru.tsu.

雅思測驗

プレイスメントテスト
pu.re.i.su.me.n.to.te.su.to.

入學前的英文程度驗

SAT／エスエーティー
e.su.e.e.ti.i.

美國大學入學測驗

SAT／サット
sa.tto.

美國大學入學測驗

SAT／大学進学適性試験
だいがくしんがくてきせいしけん
da.i.ga.ku.shi.n.ga.ku.te.ki.se.i.shi.ke.n.

美國大學入學測驗

GMAT／ジーマット
ji.i.ma.tto.

美國商學研究所
申請入學測驗

GRE／ジーアールイー
ji.i.a.a.ru.i.i.

美國各大學研究所或
研究機構的申請入學
測驗

3 新鮮人專區

323

● 學校類別

男女共学
だんじょきょうがく
da.n.jo.kyo.u.ga.ku.

男女生同校制度

男女別学
だんじょべつがく
da.n.jo.be.tsu.ga.ku.

男女分校

男子校
だんしこう
da.n.shi.ko.u.

男校

女子校
じょしこう
jo.shi.ko.u.

女校

寄宿学校
きしゅくがっこう
ki.shu.ku.ga.kko.u.

寄宿學校

私立学校
しりつがっこう
shi.ri.tsu.ga.kko.u.

私立學校

公立学校
こうりつがっこう
ko.u.ri.tsu.ga.kko.u.

公立學校

■ 科系課程

● 數理學科

数学
su.u.ga.ku.

數學

代数
da.i.su.u.

代數

代数学
da.i.su.u.ga.ku.

代數學

幾何学
ki.ka.ga.ku.

幾何

● 理科

理科 ri.ka.	理科／化學
科学 ka.ga.ku.	科學
生物学 se.i.bu.tsu.ga.ku.	生物
化学 ka.ga.ku.	化學
生化学 se.i.ka.ga.ku.	生物化學
物理学 bu.tsu.ri.ga.ku.	物理
医学 i.ga.ku.	醫學
地球科学 chi.kyu.u.ka.ga.ku.	地球科學
天文学 te.n.mo.n.ga.ku.	天文學
冶金学 ya.ki.n.ga.ku.	冶金學
原子力 ge.n.shi.ryo.ku.	原子能學
化学工学 ka.ga.ku.ko.u.ga.ku.	化學工程

エンジニアリング
e.n.ji.ni.a.ri.n.gu.
工程學

工学
ko.u.ga.ku.
工程學

機械工学
ki.ka.i.ko.u.ga.ku.
機械工程學

電子工学
de.n.shi.ko.u.ga.ku.
電子工程學

3
新鮮人專區

● 文學科

外国語
ga.i.ko.ku.go.
外文

中国語
chu.u.go.ku.go.
中文

英語
e.i.go.
英語

日本語
ni.ho.n.go.
日語

韓国語
ka.n.ko.ku.go.
韓語

歴史
re.ki.shi.
歷史

地理
chi.ri.
地理

文学
bu.n.ga.ku.
文學

言語学
ge.n.go.ga.ku.
語言學

図書館学
to.sho.ka.n.ga.ku.
圖書館學

外交
ga.i.ko.u.
外交

マスコミ学
ma.su.ko.mi.ga.ku.
大眾傳播學

新聞学
しんぶんがく
shi.n.bu.n.ga.ku.

新聞學

● 商學科

商業学
しょうぎょうがく
sho.u.gyo.u.ga.ku.

商學

経済学
けいざいがく
ke.i.za.i.ga.ku.

經濟學

政治学
せいじがく
se.i.ji.ga.ku.

政治學

銀行学
ぎんこうがく
gi.n.ko.u.ga.ku.

銀行學

会計学
かいけいがく
ka.i.ke.i.ga.ku.

會計學

ファイナンス
fa.i.na.n.su.

財政學

財政学
ざいせいがく
za.i.se.i.ga.ku.

財政學

会計
かいけい
ka.i.ke.i.

會計

統計
とうけい
to.u.ke.i.

統計

経営管理
けいえいかんり
ke.i.e.i.ka.n.ri.

工商管理

329

● 其他學科

じんるいがく
人類学 人類學
ji.n.ru.i.ga.ku.

しゃかいがく
社会学 社會學
sha.ka.i.ga.ku.

しゃかいかがく
社会科学 社會科學
sha.ka.i.ka.ga.ku.

しんりがく
心理学 心理學
shi.n.ri.ga.ku.

サイコロジー 心理學
sa.i.ko.ro.ji.i.

てつがく
哲学 哲學
te.tsu.ga.ku.

フィロソフィー 哲學
fi.ro.so.fi.i.

どぼくこうがく
土木工学 土木工程
do.bo.ku.ko.u.ga.ku.

けんちく
建築 建築學
ke.n.chi.ku.

ほうがく
法学 法學
ho.u.ga.ku.

しょくぶつがく
植物学 植物
sho.ku.bu.tsu.ga.ku.

どうぶつがく
動物学 動物學
do.u.bu.tsu.ga.ku.

農学 農學
no.u.ga.ku.

体育 體育
ta.i.i.ku.

● 課程相關詞彙

講義 課／課程
ko.u.gi.

授業 課
ju.gyo.u.

コース 課程
ko.o.su.

専修科目 主修
se.n.shu.u.ka.mo.ku.

クラス 班級
ku.ra.su.

実習 實習課
ji.sshu.u.

演習授業 研討會
e.n.shu.u.ju.gyo.u.

■ 校園生活

● 入學

申込書
もうしこみしょ
mo.u.shi.ko.mi.sho.
申請表

オンライン申込
もうしこみ
o.n.ra.i.n.mo.u.shi.ko.mi.
線上申請表

出願人
しゅつがんにん
shu.tsu.ga.n.ni.n.
申請者

推薦書
すいせんしょ
su.i.se.n.sho.
推薦信

推薦状
すいせんじょう
su.i.se.n.jo.u.
推薦信

推薦者
すいせんしゃ
su.i.se.n.sha.
推薦者

機密性
きみつせい
ki.mi.tsu.se.i.
機密

密封
みっぷう
mi.ppu.u.
密封

関係
かんけい
ka.n.ke.i.
關係

入学手続き
にゅうがくてつづ
nyu.u.ga.ku.te.tsu.zu.ki.
登記／註冊

入学許可
にゅうがくきょか
nyu.u.ga.ku.kyo.ka.
大學入學許可

332

合格
go.u.ka.ku.

考上

採用
sa.i.yo.u.

錄用

オリエンテーション
o.ri.e.n.te.e.sho.n.

新生訓練

● 選課／排課

時間割
じかんわり
ji.ka.n.wa.ri. —— 課表

学校時限表
がっこうじげんひょう
ga.kko.u.ji.ge.n.hyo.u. —— 課表

学年
がくねん
ga.ku.ne.n. —— 年級別

学期
がっき
ga.kki. —— 學期

夏休み
なつやす
na.tsu.ya.su.mi. —— 暑假

冬休み
ふゆやす
fu.yu.ya.su.mi. —— 寒假

サークル
sa.a.ku.ru. —— 社團

課程
かてい
ka.te.i. —— 課程安排

シラバス
shi.ra.ba.su. —— 課程大綱

講義要綱
こうぎようこう
ko.u.gi.yo.u.ko.u. —— 課程大綱

要目
ようもく
yo.u.mo.ku. —— 課程大綱

始業
しぎょう
shi.gyo.u. —— 課程開課

始業式 しぎょうしき shi.gyo.u.shi.ki.	開學典禮
終業 しゅうぎょう shu.u.gyo.u.	課程結束
終業式 しゅうぎょうしき shu.u.gyo.u.shi.ki.	結業式
入学式 にゅうがくしき nyu.u.ga.ku.shi.ki.	入學典禮
単位 たんい ta.n.i.	學分
必修科目 ひっしゅうかもく hi.sshu.u.ka.mo.ku.	必修
選択科目 せんたくかもく se.n.ta.ku.ka.mo.ku.	選修
メジャー me.ja.a.	主修
専攻科目 せんこうかもく se.n.ko.u.ka.mo.ku.	主修
主専攻 しゅせんこう shu.se.n.ko.u.	主修
マイナー ma.i.na.a.	輔修
副専攻 ふくせんこう fu.ku.se.n.ko.u.	輔修
ダブルメジャー da.bu.ru.me.ja.a.	雙主修

• track 165

共同学位
きょうどうがくい
kyo.u.do.u.ga.ku.i.

雙修學位

履修変更
りしゅうへんこう
ri.shu.u.he.n.ko.u.

退選

● 學雜費

学費
ga.ku.hi.

學費

雑費
za.ppi.

雜費

生活費
se.i.ka.tsu.hi.

生活費

免除
me.n.jo.

減免

免額
me.n.ga.ku.

減免

出願料
shu.tsu.ga.n.ryo.u.

申請費

授業料免除
ju.gyo.u.ryo.u.me.n.jo.

學費減免

保証金
ho.sho.u.ki.n.

押金

入学金
nyu.u.ga.ku.ki.n.

註冊費

教育ローン
kyo.u.i.ku.ro.o.n.

助學貸款

学費ローン
ga.ku.hi.ro.o.n.

助學貸款

財務課
za.i.mu.ka.

學校之財務及會計部門

3 新鮮人專區

337

● 校規獎懲

奨学金
sho.u.ga.ku.ki.n.
獎學金

処分
sho.bu.n.
懲罰

処罰
sho.ba.tsu.
懲罰

退学処分
ta.i.ga.ku.sho.bu.n.
退學處分

注意
chu.u.i.
警告

留年
ryu.u.ne.n.
留級

さぼる
sa.po.ru.
翹課／曠課

中途退学
chu.u.to.ta.i.ga.ku.
輟學

中退
chu.u.ta.i.
輟學

学校をやめる
ga.kko.u.o.ya.me.ru.
輟學

退学
ta.i.ga.ku.
開除／退學／輟學

停学処分
te.i.ga.ku.sho.bu.n.
退學處分

● 學校宿舍

スタンダードルーム 標準房
su.ta.n.da.a.do.ru.u.mu.

エンスイートルーム 含衛浴的套房
e.n.su.i.i.to.ru.u.mu.

ワンルーム 套房
wa.n.ru.u.mu.

トイレ共同 共用廁所
to.i.re.kyo.u.do.u.

お風呂共同 共用浴室
o.fu.ro.kyo.u.do.u.

銭湯 公共澡堂
se.n.to.u.

こたつ 小暖桌
ko.ta.tsu.

下宿 外面租房子
ge.shu.ku.

寝具 寢具
shi.n.gu.

布団 棉被
fu.to.n.

枕 枕頭
ma.ku.ra.

シーツ 床單
shi.i.tsu.

新鮮人專區 3

布団カバー
fu.to.n.ka.ba.a.

被套

枕カバー
ma.ku.ra.ka.ba.a.

枕頭套

引っ越し
hi.kko.shi.

搬離(寢室)／搬家

超簡單の旅遊日語（50 開）

Easy Go! Japan

輕鬆學日語，快樂遊日本

情境對話與羅馬分段標音讓你更容易上手

到日本玩隨手一本，輕鬆開口說好日語

訂票/訂房/訂餐廳一網打盡，點餐/購物/觀光一書
搞定

最簡單實用的日語 50 音
（50 開）

快速擊破五十音

讓你不止會說五十音

單子、句子更能輕鬆一把罩！短時間迅速提升
日文功力的絕妙工具書。

日文單字急救包
【生活篇】（50 開）

小小一本，大大好用

日文單字迅速查詢

輕鬆充實日文字彙

用最簡便明瞭的查詢介面，最便利的攜帶方式，
輕鬆找出需要的單字，隨時增加日文單字庫

日語關鍵字一把抓（50 開）

日常禮儀

こんにちは

ko.n.ni.chi.wa

你好

相當於中文中的「你好」。在和較不熟的朋友，還有鄰居打招呼時使用，是除了早安和晚安之外，較常用的打招呼用語。

1000 基礎實用單字（25 開）

想學好英文？就從「單字」下手！

超實用單字全集，簡單、好記、最實用，讓你打好學習英文的基礎！

旅遊英語萬用手冊（48 開）

想出國自助旅遊嗎？

不論是 出境、入境、住宿，或是 觀光、交通、解決三餐，

通通可以自己一手包辦的「旅遊萬用手冊」！

How do you do 最實用的生活英語（50 開）

史上超強！超好用、超好記、最道地的英文生活用語

讓您一次過足說英語的癮！

遊學必備 1500 句（25 開）

【租屋的訊息】

在人生地不熟的美國，一定要養成主動詢問的習慣，租屋訊息不但可以請教同學，也可以到學校的公佈欄尋找！

Q.1 Can I rent a room for two months?

房間我可以只租兩個月嗎？

Q.2 Can I rent a studio in this summer?

我可以在這個暑假租單人房公寓嗎？

超實用商業英文 E-mail（25 開）

辦公室事務、秘書溝通、商業活動

輕輕鬆鬆十分鐘搞定一封 e-mail

生活句型萬用手冊（48 開）

生活英文萬用手冊，一句短語，就可以和外籍朋友溝通。

商務英文 E-mail（25 開）

商用 e-mail 撰寫指南，分段解析、標示重點、範例說明，輕鬆完成每一封 e-mail。E-mail 寫作不必大作文章，掌握「快、狠、準」的原則，就可以在最短的時間內完成一封商用 e-mail…

超有趣的英文基礎文法（25 開）

最適合國人學習的英文文法書，針對最容易犯的文法錯誤，解析文法。利用幽默的筆法，分析看似艱澀的文法，讓文法變得簡單有趣。淺顯易懂的解說，才是學習英語文法的王道！

國家圖書館出版品預行編目資料

日文單字急救包【業務篇】／雅典日研所 企編.
--初版.--臺北縣汐止市 ： 雅典文化,民 99.05
面； 公分. -- （全民學日語系列：07）
ISBN：978-986-6282-09-6（平裝）

1. 日語　　　2. 商業　　　3. 詞彙

803.12　　　　　　　　　　　　　　　99003785

日文單字急救包【業務篇】

企　　編◎ 雅典日研所

出 版 者◎ 雅典文化事業有限公司

登 記 證◎ 局版北市業字第五七〇號

發 行 人◎ 黃玉雲

執行編輯◎ 許惠萍

編 輯 部◎ 221 台北縣汐止市大同路三段 194-1 號 9 樓
　　　　　電話◎02-86473663　傳真◎ 02-86473660

郵　　撥◎ 18965580 雅典文化事業有限公司

法律顧問◎ 永信法律事務所　林永頌律師

總 經 銷◎ 永續圖書有限公司
　　　　　221 台北縣汐止市大同路三段 194-1 號 9 樓
　　　　　EmailAdd: yungjiuh@ms45.hinet.net
　　　　　網站◎ www.foreverbooks.com.tw
　　　　　郵撥◎ 18669219
　　　　　電話◎ 02-86473663
　　　　　傳真◎ 02-86473660

初　　版◎ 2010 年 5 月

ⓐ 雅典文化 讀者回函卡

謝謝您購買這本書。

為加強對讀者的服務，請您詳細填寫本卡，寄回雅典文化；並請務必留下您的E-mail帳號，我們會主動將最近 "好康" 的促銷活動告 訴您，保證值回票價。

書　　名：日文單字急救包【業務篇】

購買書店：＿＿＿＿市/縣　＿＿＿＿＿＿書店

姓　　名：＿＿＿＿＿＿＿　生　日：＿＿年＿＿月＿＿日

身分證字號：＿＿＿＿＿＿＿＿＿＿＿＿＿＿＿

電　　話：(私)＿＿＿＿ (公)＿＿＿＿ (手機)＿＿＿＿

地　　址：□□□＿＿＿＿＿＿＿＿＿＿＿＿＿

E - mail：＿＿＿＿＿＿＿＿＿＿＿＿＿＿＿

年　　齡：□20歲以下　□21歲～30歲　□31歲～40歲
　　　　　□41歲～50歲　□51歲以上

性　　別：□男　　□女　　婚姻：□單身　□已婚

職　　業：□學生　　□大眾傳播　□自由業　□資訊業
　　　　　□金融業　□銷售業　　□服務業　□教職
　　　　　□軍警　　□製造業　　□公職　　□其他

教育程度：□高中以下（含高中）□大專　□研究所以上

職 位 別：□負責人　□高階主管　□中級主管
　　　　　□一般職員　□專業人員

職 務 別：□管理　　□行銷　　□創意　　□人事、行政
　　　　　□財務、法務　□生產　　□工程　　□其他＿＿

您從何得知本書消息？
　□逛書店　　□報紙廣告　□親友介紹
　□出版書訊　□廣告信函　□廣播節目
　□電視節目　□銷售人員推薦
　□其他＿＿＿＿＿＿＿＿＿＿＿＿＿

您通常以何種方式購書？
　□逛書店　□劃撥郵購　□電話訂購　□傳真訂購　□信用卡
　□團體訂購　□網路書店　□其他＿＿＿＿＿

看完本書後，您喜歡本書的理由？
　□內容符合期待　□文筆流暢　□具實用性　□插圖生動
　□版面、字體安排適當　　□內容充實
　□其他＿＿＿＿＿＿＿＿＿＿＿＿＿

看完本書後，您不喜歡本書的理由？
　□內容不符合期待　□文筆欠佳　□內容平平
　□版面、圖片、字體不適合閱讀　□觀念保守
　□其他＿＿＿＿＿＿＿＿＿＿＿＿＿

您的建議：＿＿＿＿＿＿＿＿＿＿＿＿＿＿＿

可下 幾音 字習 「21 方比 系少 上言 大司 各 8 吏 14 慧) 基 2）生乏了又又

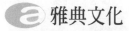

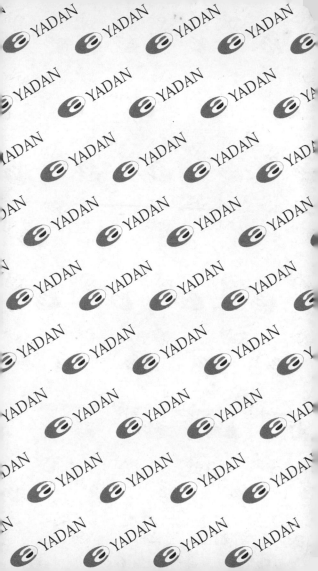